U0111184

《中國成語大會》欄目組 編著

趣說成語的故事

器物篇

新雅文化事業有限公司

www.sunya.com.hk

目錄

筆

墨

畫

棋

筆走龍蛇

　　《西遊記》裏的唐僧在歷史上真有其人，他就是唐朝著名的僧人玄奘法師。「筆走龍蛇」的故事與他的徒弟有關。可是這個徒弟不是《西遊記》裏能七十二變的孫悟空，而是玄奘現實生活中的弟子——懷素。

　　相傳有一天，唐朝著名詩人賀知章在府上宴客，詩人李白也在席上。客人們正在暢飲時，廳堂上來了一位年輕的僧人。賀知章高興地出去迎接，還向客人熱情地介紹道：「這位是玄奘法師的高徒，他叫懷素，雖是位出家人，但不戒酒，而且寫得一手好草書。」

　　過了一會兒，賀知章起身向來賓敬酒：「今日難得相聚，我們請李白賦詩助興如何？」

　　李白並不推辭，說道：「我來賦詩，懷素法師來揮毫，我們一起助興。」

懷素豪飲一杯，潑墨揮毫，酣暢淋漓，好不痛快。不一會兒，紙上盡是靈氣飛動的草書。

李白讚歎不已，詠了一首《草書歌行》：「少年上人號懷素，草書天下稱獨步……時時只見龍蛇走……」意思是説：有位少年法師名叫懷素，他的草書獨步天下……他揮毫潑墨，圍觀的人滿眼只見龍蛇遊走……

李白用奇特的想像力、誇張的藝術手法、浪漫主義的筆調，生動地再現了懷素醉酒後恣肆、張揚、揮筆疾書的情景。

賀知章評論説：「懷素揮毫，左盤右旋，確實是只見龍蛇走啊。好字！」

自此，「筆走龍蛇」就成為形容書法雄健活潑的成語。

懷素是怎樣練就一手好字的呢？答案就是：勤奮。

懷素自幼勤學苦練。買不起紙，他便在寺院附近種植芭蕉樹，夜以繼日地在芭蕉葉上臨帖揮毫。寒來暑往，他堅持不懈，終於成為一代書法名家。

印度前總理尼赫魯曾經説過：「世界上有一個古老的國家，它的每一個字都是一首優美的詩，一幅美麗的畫，我説的這個國家就是中國。」

漢字是世界上數一數二的古老文字，承載着幾千年的中華文化。漢字與書法藝術都是中華民族的寶貴遺產，是民族智慧的結晶。現在的人雖然多用電腦打字，但作為中國人，我們一定要寫好每一個漢字。

剛開始練毛筆字時，要中規中矩，一般從楷書開始，一筆一畫地寫，可不能在紙上龍飛鳳舞。

另外，練習書法時，下筆講究「一波三折」。在書法中，平捺又稱為「波」，「一波三折」指寫捺筆時不能一筆下去，平鋪直敍，而是應該在運筆過程中轉換三次用力方向，這樣筆畫會顯得矯健、生動，具有節奏美。

後來，「一波三折」的含義發生變化，用來形容文章結構曲折起伏，也形容事情進行過程中阻礙、變化很多。

在方格裏填上適當的字，把各個成語連接起來。

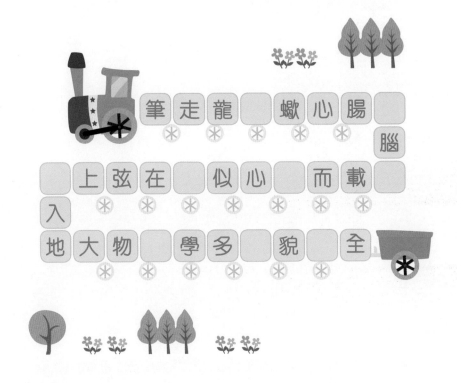

成語放大鏡

酣暢淋漓	形容非常暢快。酣hān，粵音含。
夜以繼日	日夜不停。
中規中矩	規矩：測量的工具。指合乎一定的標準或法則。
龍飛鳳舞	形容山勢蜿蜒雄壯，也形容書法筆勢舒展活潑。

大筆如椽

dà bǐ rú chuán

「大筆如椽（chuán，粵音全）」的「椽」，是放在屋頂上架着屋面板和瓦片的木條，也可以說是屋頂上的柱子，體積較大。這個故事跟東晉文人王珣（xún，粵音詢）有關。

王珣從小聰明伶俐，詩詞歌賦樣樣精通，年僅二十歲，便被大司馬桓溫聘為負責管理文書的主簿。

有一次，大司馬桓溫想試試王珣的膽量，便在府上聚集屬下商議事情的時候，騎了一匹馬，突然從後堂衝進大廳。眾人都被嚇破了膽，只有王珣一人泰然自若，紋絲未動。大家讚歎說：「王珣面對突發事情還能穩如泰山，將來一定會大有作為。」

又有一次，桓溫想考驗王珣的才學，派人偷偷拿走了王珣的發言稿。令人驚訝的是，王珣馬

上重寫了一份，跟前一份沒有一個字重複。桓溫因此對他更加敬佩。

一天晚上，王珣夢見有人送給他一枝很大的筆，大到就像屋頂上的椽子那樣。醒來後，他說道：「很快就會有很重要的文章要我寫。」

不久，晉孝武帝突然駕崩，相關的文告都由王珣起草，這是十分重要的任務。

這個故事演化出一個成語——大筆如椽。「大筆如椽」指像椽子那樣大的筆，用於稱頌別人的文章或寫作才能。

　　「大筆如椽」這個成語故事向我們闡述了一個道理：機會青睞有準備的人。王珣沒有發言稿但仍能馬上重寫一份，是因為他認真準備，發言內容早已爛熟於心。朝廷放心把重要公文交給他來寫，是因為他平日刻苦努力，也懂得展露才華。

　　像王珣這樣的人還有很多，比如大文學家魯迅先生。他曾經說過：「哪裏有天才？我是把別人喝咖啡的時間都用在寫作上了。」魯迅先生用自己的實際行動證明了一個道理：時間就像海綿裏的水，擠一擠總會有的。成功人士之所以成功，是因為他們比別人更努力，也更珍惜每一分每一秒。

　　生活中，我們如果想有一番成就，就一定要下一番苦功。王珣如果平時不努力，就不會有出眾的文采，後來也不會被重用。如果你也想寫出精彩的文章，那麼在平時練習寫作的時候，就應該珍惜每一次機會，努力提高自己的寫作水準。

成語小貼士

　　「大筆如椽」中的「椽」字容易讀錯，正確讀音是chuán，粵音全。「椽」字和「喙」（huì，粵音悔）字很像，一定要加以區分，不要混淆。

　　「大筆如椽」的近義詞有「生花妙筆」、「神來之筆」、「筆掃千軍」等，有的形容文章好，有的形容文章有氣勢。

　　「大筆如椽」的反義詞有「文思枯竭」、「江郎才盡」等。

成語歡樂谷

很多成語都來自古代名人的故事，試把以下成語和相關的名人連起來。

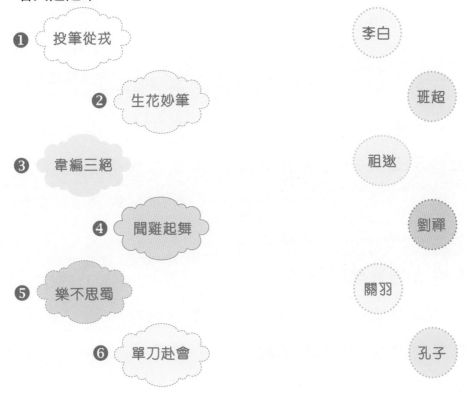

❶ 投筆從戎

❷ 生花妙筆

❸ 韋編三絕

❹ 聞雞起舞

❺ 樂不思蜀

❻ 單刀赴會

李白

班超

祖逖

劉禪

關羽

孔子

成語放大鏡

泰然自若	形容鎮定，毫不在意的樣子。
紋絲未動	一點兒也不動。
大有作為	能充分發揮作用；能做出重大貢獻。

董狐直筆

春秋時期，晉國的晉靈公夷皋（gāo，粵音高）生性殘暴，隨意殺戮。相國趙盾多次勸諫，但忠言逆耳，反使晉靈公對他起了殺心。趙盾僥倖逃過一死，倉皇逃出宮去。趙盾想逃去別的國家，他的族弟趙穿阻止道：「你不能離開晉國，我自有辦法請你回去。」

趙穿趁晉靈公到桃園喝酒遊樂時，指揮衛士殺了晉靈公。趙盾回到城中，將晉文公的小兒子黑臀扶上王位，這便是晉成公。

趙穿殺了晉靈公，趙家便背上了謀害國君的罪名。趙家世代忠良，如今卻白璧微瑕，這成為趙盾的一件心事。

一天，趙盾找來太史董狐，太史董狐是朝廷史官，負責記錄朝廷大事。趙盾看了看董狐記錄的大事，只見上面寫着：「秋七月，趙盾在桃園

謀害國君夷皋。」趙盾大吃一驚：「太史，先王不是我殺的，那時我還逃亡在外，怎麼能說是我殺的呢？」

董狐耿直地說：「你雖然逃亡，但沒有離開本國。而且，你身為相國，掌管國家大事，如果你不允許兇手這麼辦，那你回來後為什麼不治他的罪呢？顯然，這件事是你主謀的。」

「可以修改嗎？」趙盾又試探道。

「是就是，不是就不是，這才是真正的歷史。我的頭可斷，但這篇大事記絕對不能改！」董狐堅定地說。趙盾無可奈何，只得作罷。

後來，「董狐直筆」這個成語用來稱頌正直的史臣或剛正不阿的精神。

董狐是一個剛正不阿的史官，像董狐這樣的人，歷史上還有很多，比如宋朝福州州學教授陳烈。

北宋時，一個名叫劉瑾的官員到福州任太守，人稱「風流太守」。劉瑾一上任，就要百姓在元宵節大擺花燈。為了做到花燈滿城，他下令每戶居民都要在屋簷下點十盞花燈。十盞花燈要二兩銀子，平民百姓哪出得起？

陳烈不忍心看百姓受苦，便決心為民請命。一天晚上，陳烈製作了一盞大燈，掛在鼓樓前，上面題了一首詩：「富家一盞燈，太倉一粒粟。貧家一盞燈，父子相對哭。」此詩一夜之間傳遍福州城。劉瑾火冒三丈，可他怕事情鬧大，影響自己的仕途，便撤銷了每戶點燈十盞的命令。

有時我們也會遇到不公平的事情，這時，我們要和陳烈一樣剛正不阿，用智慧去伸張正義，仗義執言。

成語小貼士

「董狐直筆」的近義詞是「秉筆直書」。

「董狐直筆」在一定程度上能反映古代的史官制度。史官的作用一是準確記錄朝廷大事；二是可以讓後人以史為鑒；三是由於史書的存在，皇帝和臣子們考慮到自己死後在史書中的形象，便會更加注意自己的言行，畢竟，古人還是很講究青史留名的。史官的優良傳統是要秉筆直書，不掩蓋罪行，也不妄加讚美。哪怕有把屠刀架在脖子上，也要說真話。他們尊重史實，甚至不惜用生命來維護真相，這便是史官的風骨。

在方格裏填上適當的字，把各個成語連接起來。

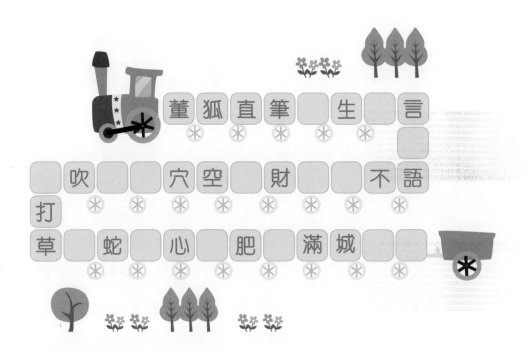

董狐直筆　生　言

吹　穴空　財　不語

打

草　蛇　心　肥　滿城

成語放大鏡

白璧微瑕	潔白的玉上面有些小斑點，比喻很好的人或事物有些小缺點。
為民請命	泛指有相當地位的人代表百姓向當權者陳述困難，提出要求。
仗義執言	為了正義説公道話。
青史留名	意思是在歷史上留下好名聲。

生花妙筆

　　唐代大詩人李白從小天資聰敏，但起初學習沒有耐性，遇到困難便很容易放棄。後來他遇到一個在大石頭上磨鐵杵的老婆婆，老婆婆想把粗大的鐵杵磨成纖細的繡花針，李白很驚訝，老婆婆笑着說：「只要功夫心，鐵杵磨成針。」

　　李白明白到，做事要有恆心，堅持到底才會成功。於是他非常努力學習，希望自己的作品能流傳後世。

　　李白年少時，對詩歌的癡迷已到了廢寢忘餐的地步。傳說有一天晚上，李白在油燈下奮力寫詩，足足三個時辰都沒離開過。後來，他實在太疲憊了，不知不覺就歪倒在桌子旁邊睡了過去。沒想到這一睡，竟然做了一個奇妙的夢。

　　他夢到自己仍然在書桌前寫作，寫着寫着，筆桿上竟然開出許多絢麗奪目的花朵，花香四

溢，讓人如癡如醉。緊接着，一張張紙從空中飄落，如雪花一般。看到此情此景，夢中的李白喜上眉梢，他用那枝開花的筆，奮筆疾書，寫了一張又一張。不一會兒，李白的身邊開出很多花朵，仔細一看，原來是紙上的字變成的！

雖然這只是一個美麗的夢，但是李白的文字確實有魔法，讓人讀起來欲罷不能，回味良久。他創作了大量著名的詩歌，這些佳作流傳千古，對後世影響巨大，也成為中華文化的重要部分。

「生花妙筆」也寫作「生花之筆」、「妙筆生花」，形容才華橫溢，詩文佳美，比喻有傑出的寫作才能。

如果李白平日不是迷戀詩歌，對詩歌沒有研究，後來也不會妙筆生花，寫出如此多的佳作，所以我們如果喜歡一件事情，不要輕易放棄，不斷付出，多多積累，最後才會取得成功。

對寫作執着追求的，除了李白，還有王維。王維很小就已經顯露出對詩歌的熱愛，他沉醉於詩歌創作，十五歲時就已經創作出不少詩篇。他一定也付出了艱辛的努力，才獲得後來的不朽成就。

在生活中，如果我們想提高寫作水平，可以多閱讀課外書。平日多付出和積累，我們也可以像李白一樣，在寫作時如有神助，生花妙筆，一氣呵成。

跟「妙筆生花」有關的成語有「夢筆生花」。

南朝文學家、政治家江淹（也被稱為江郎）年輕時在城西孤山郊外散步，累了便在山上歇息，他和李白一樣做了一個美夢，夢中有一個人送給他一枝五彩神筆。夢醒之後，江淹便文思泉湧，成為一代文豪。

後來，過了很多年，已經中年的江淹做了一個噩夢，他夢見東晉文學家郭璞對他說：「我曾有一枝筆放在你那兒很多年，現在請歸還給我吧。」江淹從懷裏掏出五彩神筆還給他。夢醒後，江淹便文思枯竭，寫不出好的作品。

這個故事衍生出另一個成語「江郎才盡」。

下圖中，從中間的小圈開始，去到最外面的大圈，可以組成八個以「花」字開頭的成語。在空格裏填上適當的字，把成語補充完整。

成語放大鏡

廢寢忘餐	顧不得睡覺和吃飯，形容非常專心努力。
如癡如醉	多用於形容閱讀詩歌、小說以及聽戲曲、音樂等時的忘我精神狀態。
才華橫溢	才華裝不下，都溢出來了，用於形容人才華極高。
江郎才盡	泛指才思枯竭。

shuāng guǎn qí xià

雙管齊下

　　唐朝有位畫家叫張璪（zǎo，粵音組），吳郡（今江蘇蘇州）人，當過不大不小的官，後來被貶。雖然仕途不順，但他在繪畫界享有盛譽。他擅長山水畫，他畫的松樹尤其叫人拍案叫絕。

　　張璪作畫的時候，有個與眾不同的地方——他能左右手各握一枝筆，同時在紙上作畫。一枝筆畫蒼翠的松枝，另一枝筆畫枯乾捲曲的樹枝，畫出來的松樹惟妙惟肖，活枝春意盎然，枯枝則秋意瑟瑟，旁邊的泉水噴湧欲出。無論誰看了他的畫都感到驚奇，人人都稱讚他是神筆張璪。

　　張璪還有兩個畫畫的絕招：一是用無筆頭的禿筆作畫，二是用手指蘸顏料作畫。

　　山水畫大家畢宏在當時也是很有名的，他看到張璪的松石畫後，驚歎不已，問道：「你這畫是怎麼畫出來的？」

張璪答道：「我以大自然為老師，將山水傾瀉到筆端，來表達我的情感。」

人們特別喜歡他的畫，紛紛上門求畫。大家稱讚他的畫為「神品」，他繪畫的方式，則被稱為「雙管齊下」。現在人們用「雙管齊下」比喻從兩方面同時進行，或同時做兩件事情。

延伸小知識

張璪的山水畫受王維影響很大。我們都了解王維的詩，他其實也擅長山水畫。宋代文學家蘇軾稱讚王維「詩中有畫，畫中有詩」。由於對自然的愛好和長期隱居山林的生活經歷，王維對自然美具有敏銳的感觸和細緻入微的把握，他筆下的山水景物富有神韻，意境悠遠。

張璪受王維影響，擅長畫山水松石，在畫面的意境上追隨王維的作品，並加以革新，用墨來表達畫面的深淺層次，將山水畫推向更高的境界。所以，他算是青出於藍而勝於藍。正是一代代畫家永無止境的探索與創新，推動了中國山水畫不斷向前發展。

成語小貼士

「雙管齊下」是指左右手一起畫畫，和它類似的成語還有「左右開弓」。「左右開弓」與「安史之亂」的主角安祿山有關。

有一次，唐玄宗召見安祿山，他看見安祿山特別胖，挺着個大肚子，便打趣他：「你的武藝怎麼樣？」

安祿山說：「我射箭能夠左右開弓，十八般武藝樣樣精通。」

唐玄宗聽了很高興，接着開玩笑說：「這麼大的肚子，裏面裝着什麼？」

安祿山不假思索地回答：「一顆赤誠的忠心。」

安祿山到底有沒有左右開弓的本事，這個我們不得而知。他的花言巧語為他帶來了富貴，卻為大唐帶來了災禍。

「雙管齊下」的近義詞還有「齊頭並進」、「並行不悖」。

根據以下提示，猜一個成語。

❶

❷
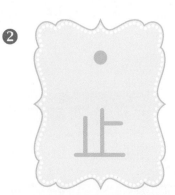

❸

❹

成語放大鏡

拍案叫絕	拍桌子叫好，形容非常讚賞。
惟妙惟肖	形容描繪或模仿得非常好，非常逼真。
齊頭並進	不分先後地一齊前進或同時進行。
並行不悖	悖（bèi，粵音背⁶ bui⁶）：違背、違反、相反。同時進行，互不衝突。

投筆從戎
tóu bǐ cóng róng

　　東漢時期有個著名將領，名叫班超。他出生於書香門第，他的父親是史學家班彪，他的哥哥是編撰《漢書》的班固。班超從小胸懷大志，不拘小節，又看了很多歷史典籍，文韜武略都略通一二。

　　班超在家對長輩非常孝敬，常常幫忙做一些繁重的家務。可是，由於家裏實在困難，為了生計，班超常去給官府抄書來賺錢貼補家用，供養母親，一家人過着平淡的生活。

　　一天，班超正在抄書，忽然聽說北方的匈奴又在侵擾邊境，他氣憤地扔下筆，說道：「大丈夫應該像漢昭帝時期的傅介子、漢武帝時期的張騫（qiān，粵音牽）那樣，為國効力，代表國家出使西域，宣揚國威。怎麼能總在筆墨紙硯間，庸庸碌碌，做這些抄抄寫寫的工作呢？即使抄一

輩子又有什麼出息呢？」

　　旁邊的人都嘲笑他，認為他不自量力，異想天開。班超反擊道：「你們這些人，怎麼能明白我心中的遠大志向？」

　　後來，班超放下筆，毅然參軍入伍。由於他作戰勇猛，很快便得到了提拔。漢明帝覺得他很有才幹，便派他出使西域。班超克服重重艱難險阻，最終到達西域，促進了漢朝與西域各國之間的交流與聯繫。他為漢朝立下了汗馬功勞，獲封為定遠侯。

　　現在，人們用「投筆從戎」這個成語指文人從軍。

像班超這樣忘掉小我、心繫國家安危的人還有很多，比如近代著名作家魯迅先生。

魯迅先生早年在日本學醫。一天，教室裏放映的片子裏，一個中國人即將被日本士兵砍頭示眾，站在周圍的中國人個個無動於衷，一臉麻木。這時身邊一名日本學生說：「看這些中國人麻木的樣子，就知道中國一定會滅亡。」魯迅聽到這話，憤然離開教室。他覺得自己就算當了醫生，治好了中國人身體上的病，也無法改變人們精神上的孱弱。於是，他決定棄醫從文，用筆來喚醒中國百姓。從此，魯迅用筆做武器，寫出了《吶喊》、《狂人日記》等比槍炮更有力量的作品，向黑暗的舊社會發起了挑戰。

成語小貼士

「投筆從戎」中的「戎」字容易寫錯，裏面是一橫和一撇，不要寫成「戒除」的「戒」。另外，也要注意它和「戌（xū，粵音率）」、「戍（shù，粵音恕）」、「戊（wù，粵音務）」等字的區別。有個小口訣可以幫助我們區分後面這幾個字：橫戌點戍戊中空。

「戎」字指軍隊，一般用於「兵戎相見」、「戎馬生涯」、「戎馬之地」、「戎馬倥傯」、「狐裘蒙戎」等。

「投筆從戎」的近義詞有很多，比如「棄文就武」、「棄文競武」，都表示文人放下手中的書和筆去參軍，報効祖國。

下面的成語中混進了錯別字，快變身為成語偵探，把成語中的錯別字找出來，並寫出正確的漢字吧！

1. 投筆從戎　　　2. 迫不急待　　　3. 陰謀鬼計

4. 洪堂大笑　　　5. 弊帚自珍　　　6. 按步就班

7. 座無需席　　　8. 堂目結舌

9. 挺而走險　　　10. 莫名奇妙

成語放大鏡

不拘小節	不為無關原則的瑣事所約束，多指不注意生活小事。
汗馬功勞	汗馬：將士騎馬作戰，馬累得出汗。指戰功，後也泛指大的功勞。
兵戎相見	兵戎：武器、軍隊。以武力相見，指用戰爭解決問題。
戎馬倥傯	戎馬：本指戰馬，借指軍事。倥傯（kǒng zǒng，粵音孔總）：繁忙。形容軍務繁忙。
狐裘蒙戎	狐裘的皮毛凌亂，用以比喻國政混亂。

三國時期，曹操擊敗袁紹和他的三個兒子，平定北方。一天夜晚，曹操在鄴（yè，粵音業）城（今河北邯鄲）過夜，他半夜夢見地上金光四起，第二天，便叫人在地上挖了挖，竟然挖出了一隻銅雀。

他的大臣說道：「以前舜的母親夢到玉雀飛入懷中，然後就懷上了舜。今天得到銅雀，是個吉兆呀。」

曹操大喜，便在鄴城建都，並在漳河河畔大興土木，修建了銅雀台，以此彰顯自己平定中原的功績。銅雀台有十丈高，分為三台，各台之間相距六十步遠，中間以飛橋相連，真是雕樑畫棟，巧奪天工。窗戶上裝着銅籠罩裝飾，日出時，整座銅雀台流光溢彩。

銅雀台建成後，曹操召集文武大臣在台前

舉行詩文大會，並命自己的幾個兒子登台作賦。他的兒子曹植下筆成文，很快就寫出了《銅雀台賦》，文辭華美，曹操看後大為讚賞，封他為平原侯。

之後，曹操和兒子曹丕（pī，粵音披）、曹植，以及文學家王粲（càn，粵音燦）、劉楨等，經常聚集在銅雀台，用詩文抒發情懷，表達渴望建功立業的雄心壯志，掀起了中國詩歌史上文人創作的第一個高潮。

歷史上，曹操、曹丕和曹植父子三人因政治上的地位和文學上的成就，對當時的文壇產生很大影響，是建安文學的代表人物，後人把他們合稱「三曹」。和「三曹」一樣父子兄弟齊上陣的組合，還有宋代的「三蘇」（蘇洵、蘇軾、蘇轍）。

「三曹」中，曹植文學水準最高，代表作有《洛神賦》、《白馬篇》、《七哀詩》等。文學家謝靈運對他的評價很高，謝靈運說過：「天下才有一石，曹子建獨佔八斗。」意思是說，天下的文學

才華如果有一石的話，曹植（字子建）的才華要佔百分之八十。

如果你熱愛文學，想和曹植一樣在文學史上佔有一席之地的話，平時一定要勤於觀察，勤於讀書，勤加寫作。

形容一個人文思敏捷、才華橫溢時，可以用「下筆成文」這個成語。如果班上的同學能在習作課上，很快寫出特別生動的文章，你就可以誇他「真是下筆成文啊」。

「出口成章」是和「下筆成文」很像的一個成語，它們都用來形容文思敏捷，不過前者用來形容口才好，一張口就是錦繡文章，後者用來形容文章寫得又快又好，大筆一揮，就是華彩文字。

「下筆成文」的近義詞有「下筆千言」、「下筆有神」。

觀察下面的數字，你能猜出它們所蘊含的成語嗎？

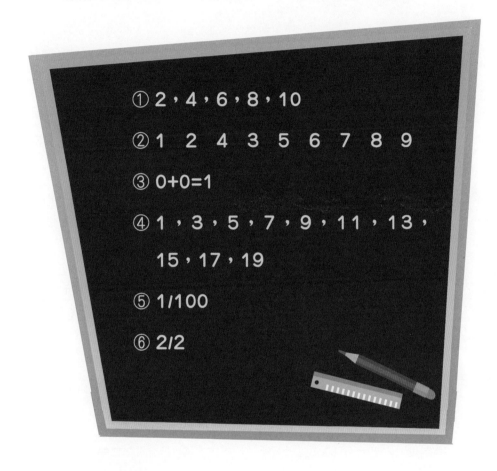

① 2，4，6，8，10

② 1 2 4 3 5 6 7 8 9

③ 0+0=1

④ 1，3，5，7，9，11，13，
　 15，17，19

⑤ 1/100

⑥ 2/2

成語放大鏡

雕樑畫棟	指房屋華麗的彩繪裝飾，常用來形容建築物富麗堂皇。
巧奪天工	精巧的人工勝過天然，形容技藝極其精巧。

信筆塗鴉

　　唐代有一位詩人名叫盧仝（tóng，粵音同），他家中貧寒，颱風下雨時，屋裏四處透風，但他刻苦努力，博覽羣書，家中藏書擺滿整個書架，天文地理，無所不包。

　　朝廷曾經兩次想讓他去做官，但他不去就職。他喜歡窩在家中看書或者寫寫東西，一坐就是一整天。

　　有一次，他伏案寫作，不一會兒就感覺四肢疲憊，迷迷糊糊之間竟打翻了桌子上的墨汁。墨汁灑到了書本上，就像烏鴉一樣黑乎乎的，他由此寫下《示添丁》一詩，當中有這樣的句子：「忽來案上翻墨汁，塗抹詩書如老鴉。」這首詩引申出一個成語「信筆塗鴉」。

　　現在，人們用「信筆塗鴉」形容字寫得很潦草，也常用這個成語作為自謙的話。

那盧仝結局怎樣呢？當時宦官專權，盧仝雖然隱居，但仍關心國家大事，寫下了《月蝕》來諷刺宦官。後來，唐文宗

不甘心被宦官控制，和宰相李訓等大臣制訂了誅殺宦官頭目仇士良的計劃，但計劃敗露，反而引來殺身之禍。在這次事變中受株連被殺的有一千多人，史稱「甘露之變」。盧仝在「甘露之變」中，因為留宿宰相府而受到牽連，被宦官殺害，最終葬於家鄉濟源。

延伸小知識

盧仝最擅長的並非寫詩，而是品茶，他曾寫過一首著名的《七碗茶歌》：「一碗茶喝下去，滋潤了嘴唇和喉嚨；兩碗下肚，心情不再孤獨煩悶；三碗喝下後，搜腸刮肚尋詩文，只記得文字五千卷；四碗喝下去，輕微發了些汗，平生遇到的不平事，都隨着毛孔發散出去；五碗喝下後，全身的肌肉和骨頭都清爽無比；六碗下肚，感覺自己飄飄欲仙，似乎通達神靈；七

碗就吃不得了，因為兩腋下習習清風徐徐生出。」

盧仝被稱為「茶仙」，與「茶聖」陸羽齊名。他的《七碗茶歌》在日本被人們廣為傳誦，並演變出日本茶道。

盧仝在日本備受推崇，據說他的影響力還化解了一場血腥的戰爭。在抗日戰爭時期，有一天，日本軍隊殺進了盧仝的家鄉濟源，他們一路上燒殺搶掠，還殺害了幾位村民。但等他們看到「盧仝故里」的石碑時，領頭的日本軍官端詳了一番石碑上的字跡，彎腰向石碑鞠了三個躬，帶領士兵匆匆離去，村子因此免於一場血腥的災難。

盧仝茶文化的力量，竟能在千年之後，產生比槍炮更強大的威力，不禁使人肅然起敬。

成語小貼士

「信筆塗鴉」有兩層含義。第一層用來形容寫字很亂，比如「他的手稿簡直就是信筆塗鴉，讓人不知從何看起」。

「信筆塗鴉」的第二層含義用來表示謙虛。我們被別人誇獎寫字漂亮時，可以自謙地說一句「我這只是信筆塗鴉罷了」。

中國是禮儀之邦，古人說話時都很謙虛，而且極有涵養，有客人來，會說自己家蓬蓽生輝；在眾人面前拋出自己的觀點，會說自己只是拋磚引玉；展示自己的技藝，是班門弄斧；明明很有學識，也要說自己才疏學淺……可惜現在很多人已經丟掉了謙虛的品質。

下面的成語中混進了錯別字，快變身為成語偵探，把成語中的錯別字找出來，並寫出正確的漢字吧！

1. 信筆塗鴨　　　2. 信手粘來　　　3. 暢所語言

4. 罄竹難書　　　5. 長冶久安　　　6. 勞雁分飛

7. 門可羅鵲　　　8. 腦羞成怒

9. 閃樂其詞　　　10. 數電忘祖

成語放大鏡

蓬蓽生輝	蓬蓽：「蓬門蓽戶」的略語，指用草、樹枝等做成的門戶，借指窮苦人家的簡陋房屋。謙辭，表示由於別人到自己家裏來，或張掛別人給自己題贈的字畫等使自己非常光榮。
拋磚引玉	拋出磚去，引回玉來。謙辭，比喻用粗淺的、不成熟的意見引出別人高明的、成熟的意見。
班門弄斧	在古代有名的木匠魯班門前擺弄斧頭，比喻在行家面前賣弄本領。

一筆勾銷
yì bǐ gōu xiāo

北宋時期有一個著名的文學家、政治家，他就是范仲淹。

范仲淹本來出身官宦世家，他的祖先在唐朝時就當過宰相，曾祖父、祖父、父親也都入朝為官，但是他兩歲時，父親生病去世，家道中落。為了生計，母親帶着他改嫁了。

范仲淹知道了家世之後很傷感，他辭別了母親，進入學堂，從此日夜刻苦讀書，五年不曾好好睡覺，白天困倦了就用冷水沖頭洗臉。他立下要成為好官、治理天下的宏偉志向。

范仲淹後來當上了官員，更曾擔任相當於副宰相的職位。他發現朝廷上許多官員相互勾結，范仲淹對這種現象嗤之以鼻。

他擔任高官時，雷厲風行，對官員的考核與任命極為嚴格，他會親自取來官員的名冊，逐個

核對他們的政績，再將那些碌碌無為的官員名字一筆畫掉（一筆勾銷），這一舉動讓這些官員紛紛落馬。然後，他再另外挑選一些能力卓越的人上任。在他的努力下，朝廷內的貪官污吏一下子少了很多。

大臣富弼知道這件事後，不免有些擔心，連忙勸他：「多一事不如少一事，你把他們的名字劃掉容易，但是這些官員的家人都得傷心痛哭。」

可沒想到，范仲淹回答道：「他們哭總好過百姓哭，省得他們讓老百姓遭殃。」

現在，「一筆勾銷」的含義發生了很大改變，用於形容把賬一筆抹掉，泛指把一切完全取消，不再算數或不再計較。

范仲淹嚴格考核官員的舉動令人敬佩，朝廷因此少了很多貪官污吏，有才能的人因此能夠更好地報効祖國。范仲淹公私分明、心繫祖國的精神讓人肅然起敬。

范仲淹曾經在《岳陽樓記》中抒發自己的志向：「做官時擔憂黎民百姓，不做官時擔憂國君。在天下人憂慮之前自己先憂慮，在天下人快樂之後自己再快樂。」

范仲淹關注民生、憂國憂民的情懷讓人欽佩。生活中，我們要像范仲淹一樣，時刻為他人着想，時刻準備着奉獻我們微小的力量，使集體更加團結，國家更加強盛。

在生活中，很多地方可以用到「一筆勾銷」這個成語，比如兩個同學之間有了矛盾，經過多次調和後，兩人終於冰釋前嫌，化解矛盾，就可以説「兩個人之間的恩怨一筆勾銷」。又比如甲對乙説：「看到如今你洗心革面，重新做人，我感到很安慰，你從前做過的壞事，我也可以當作一筆勾銷。」「一筆勾銷」在這裏的意思是原諒別人犯下的過錯。

根據以下提示，猜一個成語。

❶

❷

❸

❹

成語放大鏡

嗤之以鼻	用鼻子吭氣，表示瞧不起。
雷厲風行	像雷一樣猛烈，像風一樣快，形容執行政策法令嚴格而迅速。也泛指做事情聲勢大而行動快。
冰釋前嫌	人與人之間的矛盾、反感，在某一時刻，像冰一樣融化、消失。

按圖索驥

　　春秋時期，秦國有個人叫孫陽，相傳是我國古代著名的相馬專家，人們稱他為伯樂。伯樂將自己畢生的相馬經驗和心得體會，寫成《相馬經》一書，詳細介紹了千里馬的特點。

　　伯樂的兒子也想像父親一樣做個相馬專家，於是把《相馬經》背了個滾瓜爛熟，以為這樣自己就有了出神入化的相馬本領。

　　有一天，伯樂的兒子在路邊看見了一隻癩蛤蟆，他想起《相馬經》上的話：千里馬有高高的額頭、大大的眼睛，馬蹄就像摞起來的酒麴塊。

　　他以為自己找到一匹難得一見的千里馬，便一把抓住癩蛤蟆，興沖沖地跑回家，揚揚自得地對伯樂說：「父親，快看，我找到了一匹好馬。牠和書上寫的好馬差不多，只是蹄子不像。」

　　伯樂哭笑不得，只好說：「這匹好『馬』太

愛跳了，不好騎啊！」

這個故事令人啼笑皆非。

到了漢成帝時期，大臣梅福上書批評朝政說：「如今朝廷沒能遵循正確的治國方法，而是用夏、商、周三代僵死的標準去選拔今天的人才，這就像按照伯樂《相馬經》的圖示去尋求良馬一樣，肯定是找不到的。」

古人將日行千里的好馬稱為「驥」，梅福的這段話演化出了「按圖索驥」這個成語，其字面意思是說，按圖所示去尋找駿馬，比喻做事情拘泥於教條，脫離實際，也指按一定的線索尋找某一事物。

「按圖索驥」有兩層意思。一是比喻按照線索去尋找事物。這是人們生活中常用的方法，是根據事物之間的聯繫去尋找事物，或根據已知去探索未知。二是比喻做事脫離實際，拘泥於教條。

世間萬物彼此關聯，也在不斷變化。人們在探索世界時，如果過分拘泥於經驗或書本裏的知識，思維便容易陷入條條框框中。

所以，前人傳下來的知識，我們應該努力學習，虛心繼承，同時我們一定要注重實踐，放寬視野，靈活應用，避免生搬硬套。

古代對不同的馬有不同的稱呼，比如，「驥」指好馬，「駒」指小馬，「駑」指跑不快的馬，「驪」指純黑色的馬……

「按圖索驥」的近義詞有「墨守成規」、「照本宣科」、「刻舟求劍」等。

「刻舟求劍」出自《呂氏春秋》。楚國有一個人坐船渡江，不小心把寶劍掉進了江中。他急忙在船邊刻下記號。等船到達對岸後，他立刻從刻有記號的地方跳下水尋找寶劍，但是他找了半天也沒找到。其他人笑着説道：「船一直在走，寶劍卻沒有移動，你怎麼能在船上標記的地方找到寶劍呢？」

下面的成語中混進了錯別字，快變身為成語偵探，把成語中的錯別字找出來，並寫出正確的漢字吧！

1. 按圖索冀　　2. 病入膏盲　　3. 毫不尤豫

4. 物及必反　　5. 日新月移　　6. 顧名思意

7. 直接了當　　8. 情不自盡

9. 喜笑怒罵　　10. 換然一新

成語放大鏡

滾瓜爛熟	像從瓜蔓上掉下來的瓜那樣熟，用來形容讀書或背書流利純熟。
出神入化	形容技藝達到了絕妙的境界。
哭笑不得	哭也不是，笑也不是，形容處境尷尬，不知如何是好。
生搬硬套	不顧實際情況，機械地搬用別人的方法、經驗等。
照本宣科	死板地照現成文章或稿子宣讀，指不能靈活運用。

畫餅充飢

huà　bǐng　chōng　jī

　　三國時期，魏國有個人叫盧毓（yù，粵音旭），他從小聰明過人，但命途多舛（chuǎn，粵音喘），先後失去了父母和哥哥。當時兵荒馬亂，盧毓承擔起養家的重任，依靠自己的辛勤勞動養活全家人。雖然生活艱難，但是他積極向上，虛心向當時有學問的人請教，很快，他的為人和學問都得到了別人的肯定，更當上了官。

　　盧毓做了官之後，由於年輕時的坎坷經歷，他深知百姓生活不易，一直為官清正廉潔，把自己負責的區域治理得井井有條，人們安居樂業。魏文帝聽說他政績斐然，於是就把他提拔到朝廷擔任要職。他先當了中書郎，後來又被提拔為吏部尚書，負責全國官吏的任免調動。

　　盧毓原來的官職中書郎空出來了，魏文帝讓盧毓自己舉薦一個人，並說道：「能不能選到合

適的人，關鍵看你。朕覺得，選拔人才不能只看名氣，名氣就像地上畫的餅，中看不中用，不能充飢。」

盧毓答道：「選擇人才確實不能只看名氣，不過，名氣也能在一定程度上反映出一個人的能力。如果一個人沒有一點兒名氣，說明他的道德修養和才華並不出眾，所以沒有人知道他。我們可以根據名氣來選擇人才，然後考核他們，要是他們有真才實學，就可以考慮任用。」

魏文帝覺得這個辦法不錯，便接受了他的建議。

後來，人們用「畫餅充飢」比喻借空想來安慰自己。

中國擁有深厚的飲食文化，很多成語也都與吃有關，在吃的背後還往往包含着深刻的寓意，「畫餅充飢」就是如此。

魏文帝認為名氣是「畫餅充飢」，有的人有名無實，這些徒有虛名的人是不能成就大事的。

「畫餅充飢」比喻借空想來安慰自己，聊勝於無。不過有趣的是，隨着科技的進步，「畫餅充飢」也有可能會變成現實。據説有些科技人員把虛擬和現實結合起來，發明了能夠提供虛擬美味的儀器。他們用儀器向人的味蕾發射電流，模擬食物的味道，讓人可以感受到各種糖果的滋味。這樣的「畫餅充飢」不會引起血糖的升高，對糖尿病人來説可能是好消息。

和「畫餅充飢」意思相近的成語有「望梅止渴」。「望梅止渴」和魏文帝曹丕的父親曹操有關。

東漢末年，曹操帶兵去攻打張繡。時值酷暑，曹操的將士們疲憊不堪，口渴難耐，快支撐不住了。曹操心裏焦急，靈機一動，撒謊道：「前面不遠的地方有一大片梅林，大家再堅持一下，馬上就能吃到梅子了。」

將士們想起梅子酸酸甜甜的味道，口裏頓時分泌出口水，精神也為之一振，紛紛鼓足力氣，加緊向前趕路。就這樣，曹操很快率領軍隊走到了有水的地方。

在空格裏填入一個適當的字，將豎排的四字成語補充完整。你填寫的字能連成一句優美的古詩，你知道這句詩是什麼嗎？

（提示：它出自王維的詩，詩題是「畫餅充飢」的首字，即《畫》。）

❶	❷	❸	❹	❺
敬	霧	坐	後	談
而	裏	吃	繼	虎
□	□	□	□	□
之	花	空	人	變

❻	❼	❽	❾	❿
平	駭	山	安	虛
易	人	清	然	張
□	□	□	□	□
人	聞	秀	恙	勢

 成語放大鏡

命途多舛	指一生坎坷，屢受挫折。
兵荒馬亂	形容戰時社會動盪不安的景象。
有名無實	空有名義或名聲而沒有實際。
望梅止渴	比喻用空想或假像安慰自己。

　　《封神演義》中有這樣一個故事：

　　傳說在商朝末年，有一位孝子名叫武吉。一日，他砍完柴後偶遇姜子牙，姜子牙說：「你今天可能會殺人。」武吉聽了很生氣，認為姜子牙在詛咒他，便憤然離去，到西岐去賣柴。

　　西岐城內道路非常狹窄，武吉將扁擔換肩時，不小心將守門的軍士打死了。周文王認為殺人應償命，就讓人在地上畫個圈當作牢房，豎了根木頭當作獄吏，把武吉圈在了裏面。文王會算卦，能算出犯人是否從畫在地上的牢房裏溜走，所以他的子民都不敢越獄。

　　三天后，大夫散宜生路過此地，見武吉悲聲痛哭，就上前查問。武吉抽噎着說：「我年老的母親沒有人照顧，要是我被砍頭，我的母親怕是要餓死了。」

散宜生聽完，去拜見周文王說：「不如先放武吉回家，讓他給母親準備好以後的生活所需，然後再回來抵命。」周文王點頭同意。

武吉回去後，慌忙跑去向姜子牙求救。姜子牙看武吉孝順，就收了他當徒弟，並傳授他破解命案的法術。後來，周文王不見武吉回來服刑，就卜了一卦，卦象顯示武吉已經畏罪自殺。

過了些日子，周文王偶遇武吉，大驚。細問後，周文王覺得姜子牙是個世外高人，便前去拜訪。後來，便有了姜子牙輔佐周文王的兒子周武王伐紂的故事，而武吉也成為姜子牙麾下大將，一同伐紂。

後來，人們用「畫地為牢」指只許在指定的範圍之內活動。

　　商朝末年，紂王親近佞臣，濫用酷刑，弄得民不聊生。而此時在西岐，周文王效法先賢，廣施仁政，禮賢下士，促進了西岐的發展。周文王大力發展農業生產，商人往來不用繳納關稅，他自己以身作則，生活簡樸，和百姓一起到田間參與農務……西岐在他的統治下日漸強盛。

　　俗話說，沒有規矩不成方圓，社會的良好運轉需要規則、規範，周文王畫地為牢，是維護社會穩定的一種方式。這種方法有一些理想主義的色彩，但其實也能反映出當時民風的淳樸。

成語小貼士 💡

　　「畫地為牢」最早出現在司馬遷的《報任安書》裏。我們在書寫的時候，容易將「畫」誤寫為「划」或「劃」，要留意，這裏的「畫」是描畫的「畫」。

　　和「畫地為牢」意思相近的成語有「作繭自縛」，二者意思相近，但有些區別。「作繭自縛」是自己把自己困在裏面無法掙脫，而「畫地為牢」既可以是別人設定牢獄，也可以是自己為自己限定了思想和行動的禁區。我們在日常生活中，要勇於開拓創新，不要輕易給自己畫地為牢。

　　和「畫地為牢」意思相反的成語有「縱橫天下」、「放浪形骸」。

根據以下提示，猜一個成語。

禮賢下士 封建時代指帝王或大臣敬重有才德的人，不惜降低自己的身分與他們結交。現多指社會地位高的人重視和延攬人才。

作繭自縛 蠶吐絲作繭（jiǎn，粵音簡），把自己包在裏面，比喻做了某件事，結果反使自己受困。

畫虎類犬

　　東漢時期有位名將叫馬援，被封為伏波將軍。馬援有兩個姪子，一個叫馬嚴，一個叫馬敦，是馬援二哥的兒子。這兄弟倆年幼時父母雙亡，寄居在親戚家，後來由馬援帶回洛陽照顧。

　　馬援重視孝悌，也看重這兩個姪子的教育。雖然他平日忙於處理軍務，有時還要帶兵出征，但是時常惦記兩個姪子。可是，這兄弟倆平常都喜歡諷刺和議論他人是非，並喜歡和俠士交往。馬援很為他們擔憂，便寫了一封信給他們：

　　「我一生痛恨議論他人長短的人。你們如果聽到有人議論別人的過失，只能用耳朵聽，不能參與議論。

　　「我有兩個好朋友，一個叫龍伯高，一個叫杜季良。龍伯高是一個謹慎、厚道、謙恭、節儉的人，雖然他的職位不高，但我很尊敬他，希望

你們向他學習。至於杜季良，他是個俠肝義膽的人，能夠與人同甘共苦，無論好人壞人，他都能與他們交朋友。我雖然也很尊敬他，但我不希望你們仿效他。

「如果你們向龍伯高學習，即使學不成，也還能成為一個謹慎的人，這就像刻一隻天鵝，就算刻不成，起碼還可以刻成一隻鴨子。如果你們向杜季良學，要是學不成，就會成為一個輕浮的人，這就好比畫一隻老虎，如果畫得不像，就容易畫成一隻狗。」

後來，人們用「畫虎類犬」這個成語比喻模仿得不到家，反而弄得不倫不類。

歷史上一味模仿別人，最後鬧出大笑話的故事有很多，東施效顰就是其中一個。春秋時期，越國有個遠近聞名的美人，名叫西施。她經常心口痛，每次犯病，她都會用手按住胸口，眉頭緊皺。她太美了，就連這副病態也顯得十分嫵媚，楚楚動人。

當時有個醜姑娘叫東施，她總是想盡一切辦法讓自己更漂亮。有一次，東施剛好看見西施手捂胸口，眉頭緊皺的樣子，她想：她這副樣子真漂亮，看着就讓人憐惜，如果我和她一樣，人們一定也會喜歡我。於是她開始模仿西施病懨懨的樣子，可是她本來就很醜，這樣一來就更醜了，人們見了她紛紛把門關上。東施模仿別人不成，反而鬧出了大笑話。

在生活中，我們不能一味模仿別人，應該要取長補短，學習別人的優點，彌補自己的缺點，這樣才能取得進步。

成語小貼士

「畫虎類犬」的近義詞有「邯鄲學步」、「亦步亦趨」、「照貓畫虎」、「步人後塵」、「東施效顰」等。

「邯鄲學步」告訴我們，一味模仿別人反而會丟失自我；「亦步亦趨」側重指人沒有主張；「步人後塵」則是指不會創新，永遠跟在別人身後；「照貓畫虎」說的是只模仿，不怎麼理解；「東施效顰」說的是不僅模仿得不好，而且自己還出了醜。

在下面這座成語迷宮裏，從左上方的「畫」字進入，按照成語接龍的順序，就能找到出口。快來試試吧！

入口➡	畫	不	可	否	極	泰	來
	虎	頭	蛇	尾	大	不	掉
	類	聚	羣	分	分	合	以
	犬	牙	交	錯	綜	複	輕
	馬	尖	相	綜	落	落	大
	之	嘴	輝	複	快	圓	方
	魚	龍	混	雜	亂	無	章 ➡出口

成語放大鏡

俠肝義膽	講義氣，有勇氣，肯捨己為人的氣概和行為。
邯鄲學步	比喻模仿別人不成，反而喪失了原有的技能。
亦步亦趨	原來指老師走學生也走，老師跑學生也跑。比喻自己沒有主張，或為了討好，每件事都仿效或依從別人，跟着人家行事。

畫龍點睛
huà lóng diǎn jīng

　　南北朝時期有位著名的大畫家，名叫張僧繇（yáo，粵音搖），他也是當時梁朝的大臣。

　　梁武帝信奉佛教，修建了很多寺廟，他要張僧繇為金陵的安樂寺作畫，在寺廟牆壁上畫四條騰雲駕霧的金龍。張僧繇僅用三天時間就畫好了，把龍畫得栩栩如生，像真龍一樣活靈活現。

　　很多人慕名前來觀看，讚不絕口。可是，美中不足的是，四條龍全都沒有眼睛。大家紛紛讓他把眼睛點上，張僧繇解釋說：「點上眼珠並不難，但是點上了眼珠，這些龍就會破壁飛走。」

　　這樣的解釋真可笑，牆上的龍怎麼會飛走呢？大家竊竊私語，都以為他是在信口開河。張僧繇沒有辦法，只好答應給龍畫上眼睛，但是他怕四條龍都飛走，便只肯先為兩條龍畫上眼睛。

　　眾人見他要點睛，圍了個水泄不通。張僧

繇提起畫筆，輕輕地給兩條龍點上眼睛。説來也奇怪，他剛畫上眼睛，不一會兒，烏雲密布，狂風四起，電閃雷鳴，兩條龍震破牆壁，向天空飛去。而餘下兩條沒有點睛的龍，則仍然留在牆壁上。

後來，人們用「畫龍點睛」比喻作文或説話時，在關鍵地方加上精闢的語句，使內容更加生動傳神。

和畫畫有關的成語中，有一個我們很熟悉，但它看上去似乎和畫畫沒有一點兒關係，它就是「慘澹經營」。這個成語出自杜甫的《丹青引》，用於形容盛唐著名畫馬大師曹霸用心畫畫的樣子，當時它的詞義是：費盡心思，辛辛苦苦地經營籌劃。不過，這個成語現在的含義發生了轉變，指在困難的境況中艱苦地從事某種事業。

酈波

南京師範大學文學院教授

張僧繇只需一筆就能夠讓一條龍活靈活現，騰雲駕霧而去，這可以說是中國古代藝術講究「以形寫神」的絕佳範例。

一件好的藝術品講究形神兼備，畫龍點睛十分重要。點睛並不是單單加上眼睛，更重要的是要抓住物件的要害或本質，這樣繪畫才會更加傳神。

繪畫要畫龍點睛，講話、寫文章、做事等也是如此。寫文章或講話時，在關鍵處用幾句話點明實質，會使內容更加生動有力。我們在作文的時候，要借鑒畫龍點睛的手法，讓作文內容更加生動傳神。

「畫龍點睛」的近義詞有「一語道破」、「點石成金」，反義詞有「畫蛇添足」、「弄巧成拙」、「點金成鐵」。

古人講究琴棋書畫樣樣精通，和畫畫有關的成語比比皆是，和畫動物有關的成語也有很多，比如「畫龍點睛」、「照貓畫虎」、「畫蛇添足」、「畫虎類犬」……

很多成語都跟動物有關，在下面的圖框裏填入適當的字，把成語補充完整。

1. 守株待 ⬤

2. 投 ⬤ 忌器

3. 一石二 ⬤

4. 天 ⬤ 行空

5. 緣木求 ⬤

6. 騎 ⬤ 難下

7. 盲人摸 ⬤

8. 引 ⬤ 入室

9. 閒雲野 ⬤

10. 亡 ⬤ 補牢

成 語 放 大 鏡

活靈活現　　形容描述或模仿的人或事物生動逼真。

竊竊私語　　私下裏小聲交談。

水泄不通　　泄：排出。連水都流不出去，形容十分擁擠或包圍得非常嚴密。

畫蛇添足

　　春秋戰國時期，楚國有一戶富有的人家，主人剛剛祭祀完祖先，剩下了一壺酒，他打算把酒獎賞給幫忙辦事的人。可是，人多酒少，一人一口都不夠分，而且喝得不夠痛快，這酒該怎麼分才好呢？

　　一個人提議道：「不如我們比賽定輸贏吧。想喝酒的人在地上比賽畫蛇，誰畫得又快又好，這壺酒就歸誰獨自享用。」大家覺得這個主意不錯，紛紛附和。

　　比賽開始沒多久，有個人就把蛇畫好了。他見自己勝券在握，便一把拿起酒壺，得意地回頭看着其他人，他們還在抓耳撓腮，不知道該怎麼畫呢！

　　他想：「他們畫得真慢，現在時間還充裕，讓我來展現一下我的本領吧，如果我再給蛇畫幾

隻腳，肯定顯得技高一籌。」於是，他左手提着酒壺，右手拿起一根樹枝，給蛇畫起腳來。

就在他自鳴得意的時候，另外一個人也畫好了蛇，那個人一把把酒壺從他手裏奪過去，笑道：「你見過蛇嗎？蛇本來就是沒有腳的，你怎能給牠加腳呢？所以，第一個畫好蛇的人不是你，而是我。」說完，那個人仰起頭，咕咚咕咚地把酒喝了下去。

「畫蛇添足」原意是畫蛇時給蛇添上腳，後比喻做多餘的事，不但沒有幫助，反而不恰當。

蛇本來沒有腳，憑空給蛇畫上腳，就是多此一舉了。那個人弄巧成拙，不但沒有得到美酒，還被後人嘲笑。

「畫蛇添足」這個成語意味深長，它告訴我們一些道理。畫得最快的人雖然領先，但因為太過得意，想要顯示自己更勝一籌，最終畫蛇添足，聰明反被聰明誤。一個人無論任何時候，都應該保持頭腦清醒，不能因為暫時的領先而洋洋得意，翹起驕傲的尾巴。被勝利沖昏頭腦的人，往往會因為盲目樂觀而招致失敗。

另外，畫蛇添足，畫出來的便不再是蛇。做事時要注意不能節外生枝，不能賣弄聰明，否則就會功敗垂成。

成語小貼士

和「畫蛇添足」意思相近的成語有「多此一舉」、「弄巧成拙」、「徒勞無功」。這幾個成語在使用的時候有些許不同，需要注意：「弄巧成拙」強調自己想要小聰明卻把事情搞砸；「畫蛇添足」則是故意做多餘的事情；「多此一舉」也是做了多餘的事情，但是做完後不見得會產生不好的結果；「徒勞無功」是白費了力氣，而且沒有效果。

「畫蛇添足」的反義詞有「恰如其分」、「畫龍點睛」。

成語歡樂谷

根據以下提示，猜一個成語。

❶

❷

❸

❹

成語放大鏡

抓耳撓腮	形容焦急而又沒有辦法的樣子。
弄巧成拙	本想耍聰明，結果做了蠢事。
節外生枝	比喻在問題之外又岔出了新的問題。

<ruby>近<rt>jìn</rt></ruby><ruby>朱<rt>zhū</rt></ruby><ruby>者<rt>zhě</rt></ruby><ruby>赤<rt>chì</rt></ruby>，<ruby>近<rt>jìn</rt></ruby><ruby>墨<rt>mò</rt></ruby><ruby>者<rt>zhě</rt></ruby><ruby>黑<rt>hēi</rt></ruby>

　　歐陽修是北宋時期著名的文學家、史學家和政治家，是「唐宋八大家」之一。他創作了大量優秀的詩歌和散文作品，尤其擅長散文。他是詩文革新運動的領袖，為文壇培養了一批優秀人才，蘇洵、蘇軾、蘇轍、曾鞏、王安石等文學家，都是他的弟子。

　　歐陽修在潁（yǐng）州府任職期間，有一位年輕的部下，名叫呂公著。有一天，大學士范仲淹經過潁州，見到呂公著，對他說：「近朱者赤，近墨者黑。你能夠待在歐陽大人身邊做事，真是幸運，你一定要

多多向他學習。」呂公著連忙點頭稱是。後來，在歐陽修的薰陶下，呂公著的詩文創作水準迅速提高。

「近朱者赤，近墨者黑」，意思是說靠近紅色的朱砂會變紅，靠近黑色的墨會變黑，比喻接近好人使人變好，接近壞人使人變壞，強調外在環境對人的影響。

· 名家點評 ·

　　與「近朱者赤」意思相近的成語有「耳濡目染」。「耳濡目染」最早其實是「耳染目濡」。「濡」和「染」意思相近，但程度不同。「濡」是用水沾濕，用於「相濡以沫」。「染」是浸在水裏，程度比「濡」深。眼睛獲得的信息量比耳朵大，所以後來「耳染目濡」就演化為「耳濡目染」。從這個成語的演化過程，能看出人們在不斷推敲成語的措辭是否精準。

酈波
南京師範大學文學院教授

延伸小知識 📖

歐陽修小時候，父親因病去世，家道中落。他沒錢買筆墨紙硯，母親便用蘆荻稈當筆，教他在泥沙上寫字。他買不起書，就借書來讀。他十分珍惜每一次學習的機會，總是把借來的書背誦並抄寫下來。經過勤奮學習，歐陽修終於成為一代文豪。著名文學家蘇軾稱讚他：「論大道似韓愈，論事似陸贄（zhì，粵音志），記事似司馬遷，詩賦似李白。」歐陽修堪稱勤學苦練的典範。

「近朱者赤，近墨者黑」説明客觀環境對人影響很大。《顏氏家訓》中也曾説過相似的道理：「與好人住在一起，就像進入滿是芝蘭的房子，時間長了，自己也會變得芬芳。與惡人住在一起，就像進入賣鹹魚的地方，時間長了，自己也會變得很臭。」我們與人交往時，要與歐陽修這樣勤學苦練、富有才華的良師益友為伴，取人之長，補己之短。

成語小貼士 💡

「近朱者赤，近墨者黑」出自晉朝的《太子少傅箴》：「故近朱者赤，近墨者黑；聲和則響清，形正則影直。」後半句的意思是，聲音悦耳和諧，聽起來才會清越，身形端正，影子看起來才會挺直。

「近朱者赤，近墨者黑」的近義詞「耳濡目染」，也用於形容環境對人的影響，不過偏重於好的影響。如果你不得不處在一個不好的環境裏，和一些小人在一起，只要你能堅持自我，出淤泥而不染，便「近墨者未必黑」了。

成 語 歡 樂 谷

　　「近朱者赤，近墨者黑」有八個字，這樣的成語還有很多，你知道哪些呢？請將下面的八字成語補充完整。

1. 耳聽為虛，

2. 分久必合，

3. 不入虎穴，

4. 謀事在人，

5. 出其不意，

6. 有則改之，

成 語 放 大 鏡

| 耳濡目染 | 形容見得多、聽得多了之後，無形之中受到影響。 |
| 家道中落 | 家業衰敗，境況沒有從前富裕。 |

墨守成規

　　墨子是戰國時期墨家學派的創始人，也是有名的思想家、教育家、科學家和軍事家。他主張兼愛與非攻，認為人與人之間是無等差的愛，人們應該無條件地愛所有的人，而且反對戰爭。他四處游說，到不同國家去推廣他的學說。

　　有一回，楚國準備攻打宋國，為了在戰爭中取得勝利，楚國特意邀請有名的工匠魯班設計並製造了一種雲梯，準備用來攻打城池。那時墨子正在齊國，聽到這個消息，他急忙去楚國勸阻楚王，可是楚王捨不得放棄那些兵器，想在實戰中試試它們的威力。

　　墨子說：「那好，咱們就當場比試比試。」說完，他解下衣帶圍作城牆，用木片作為武器，魯班和他分別代表攻守兩方進行演示。魯班嘗試用不同的器械攻城，都被墨子擋住了。

魯班不肯認輸，說道：「我有辦法對付你，但我不說。」

　　墨子淡淡一笑，說道：「我知道你要怎樣對付我。你以為殺了我，就沒有人幫宋國守城，可你還不知道，我的三百多個門徒都已學會了我的守城方法，現在他們早已守在城池那裏，等着你們去進攻。」

　　楚王看沒有把握取勝，便說：「算了，寡人決定放棄攻打宋國。」

　　「墨守成規」中的「墨守」指戰國時墨子善於守城，「成規」指現成的或久已通行的規則、方法。不過，現在人們用「墨守成規」形容因循守舊，思想保守，不肯改進，帶有貶義。

「鄭人買履」的故事傳遞出類似「墨守成規」的含義，告訴我們做人做事不要太死板，要靈活變通。

古時候，有一個鄭國人想買一雙鞋子。他先在家裏量了一下自己的腳，記下一個尺碼，然後匆匆忙忙去集市買鞋。等他到了集市，拿起鞋子，才發現自己不小心把量好的尺碼落在家裏了。他慌慌張張地回家去取，等他再趕回集市時，集市已經散了，鞋子也就沒有買成。有人問他：「你為什麼不用自己的腳去試鞋子呢？」他說：「我寧可相信自己量好的尺碼，也不相信自己的腳。」

有時候我們和這個鄭國人一樣墨守成規，習慣固守在自己畫下的框架裏，不敢改變，不敢冒險。其實人生需要大膽地跳出框架，不斷嘗試，探索未知，這樣才會看到不一樣的風景，有不一樣的體驗。

如果不知道墨子的故事，就容易把「墨守成規」誤寫為「默守成規」，要記住，「墨守成規」的「墨」原本是指墨子。

「墨守成規」的近義詞有「因循守舊」、「故步自封」、「抱殘守缺」，反義詞有「標新立異」、「推陳出新」。

墨子是春秋戰國時期的智者，和他有關的成語有很多，比如「不可勝數」、「不知甘苦」、「功成名就」等。古人講究青史留名，其實從這些豐富多彩的小小成語就可以看出墨子等智者對中華文明的巨大影響，他們的智慧在今天仍舊散發着耀眼的光輝。

下面的文字可以組成哪些成語？

（提示：一共有四個成語，組成成語的字可能不按順序出現。）

馬	錦	墨	任
上	首	成	重
道	守	是	添
花	規	瞻	遠

成語放大鏡

因循守舊　　不求變革，嚴守老一套。

故步自封　　故步：按舊的步伐來走。封：限制住。比喻安於現狀，
　　　　　　　　不求進步。

抱殘守缺　　形容保守，不知改進。

推陳出新　　去掉舊事物的糟粕，取其精華，並使它向新的方向發
　　　　　　　　展。多指繼承文化遺產。

惜墨如金

<ruby>惜<rt>xī</rt></ruby> <ruby>墨<rt>mò</rt></ruby> <ruby>如<rt>rú</rt></ruby> <ruby>金<rt>jīn</rt></ruby>

　　五代至宋朝初年期間，有一位畫家叫李成，祖上為唐朝的皇族。為避五代戰亂，他從長安搬到了山東青州營丘。古代有以居住地作為名字的習慣，所以人們也叫他李營丘。

　　李成的畫作獨具匠心，聞名天下，而且，他廣泛涉獵經史，擅長詩詞歌賦，是一位琴棋書畫樣樣精通的才子。

　　李成一開始學習山水畫的時候，先跟着當時有名的山水畫畫家荊浩和關仝（tóng，粵音同）學習，後來他以大自然為老師，漸漸形成自己的風格。

　　他在繪畫時，喜歡描繪北方的自然景象，比如山野的樹林、風雨、煙雲、雪霧等。他喜歡用淡墨，落筆乾脆俐落，筆勢鋒利，用墨精細微妙。後來，人們這樣評價他的山水畫：「李成作

畫，不輕易落筆，先用淡墨，後用濃墨，愛惜筆墨就像愛惜金子一樣。」他和關仝、范寬成是北方山水畫的三大家，合稱「宋初三大家」。

「惜墨如金」也可說是李成的作畫方法，這種方法在着墨時，先淡後濃，用淡淡的墨逐層鋪染，使顏色漸漸加深，而不是一開始就用濃厚的墨來畫，這樣畫出來的作品富有層次。與這種手法相對的有「潑墨如雲」。

現時，「惜墨如金」這個成語，多用於指寫字、繪畫、寫文章等下筆非常慎重，力求精練。

　　藝術是相通的，作畫的手法與寫文章的技巧具有共通點。在寫作文的時候，要根據寫作主題，處理好文章詳略關係。應該強調的地方就要潑墨如雲，進行渲染。需要一筆帶過的地方則要惜墨如金，力求凝練。如果不善於處理文章的詳略關係，會導致該濃墨重彩的地方反而泛泛而談，應該簡略的地方則拖泥帶水。

　　在《紅樓夢》中，作者寫劉姥姥進大觀園，就用到了潑墨如雲的技法，單單吃一道茄子，也要用大量筆墨來講述這道菜繁複的做法。因為這一道茄子並不簡單，要用十幾隻雞來做配料，經過多重工序才煮好。作者用很重的筆墨來寫一道菜，以小窺大，這一道菜便能折射出賈府的奢華。

成語小貼士 💡

　　和「惜墨如金」意思相近的成語有「言簡意賅」、「字斟句酌」。「言簡意賅」指寫文章的時候要注意用語簡練，而「字斟句酌」指寫文章或說話時慎重細緻，仔細推敲琢磨。

　　和「惜墨如金」意思相反的成語有「連篇累牘」、「拖泥帶水」。它們都可以用來形容文章或者說話內容拖沓冗長。

　　好的文章要盡量做到惜墨如金，字字珠璣。

你知道哪些含有「金」字的成語？在圖框裏填入適當的字，把成語補充完整。

1. 金　　　火眼　　2. 擊　　　鳴金

3. 金　　　脫殼　　4. 點　　　成金

5. 金　　　題名　　6. 金　　　輝煌

7. 金　　　玉葉　　8. 紙　　　金迷

9. 金　　　良言　　10. 一　　　千金

成語放大鏡

獨具匠心	指具有與眾不同的巧妙構思。
拖泥帶水	形容説話、寫文章不簡潔或做事不乾脆。
言簡意賅	言語簡明而意思完備。賅gāi，粵音該。
字斟句酌	對每一字、每一句都仔細推敲，形容説話或寫作的態度慎重。
連篇累牘	形容敍述的篇幅過多、過長。牘dú，粵音讀。

舉棋不定

<small>jǔ qí bú dìng</small>

春秋時期，衛國的衛獻公讓大夫孫文子和甯（nìng，粵音擰⁶ning⁶）惠子來宮裏赴宴。孫、甯二人進宮，卻見衛獻公穿着獵裝，玩射箭遊戲正玩得開心。衛獻公還輕慢地說，他忘了宴會的事，讓兩人先回去。這下徹底激怒了孫文子和甯惠子，兩人起兵反叛，要廢掉衛獻公，另立新君。衛獻公無力抵擋，只好逃去齊國。

衛國臣子驅逐國君一事，引起各個諸侯國的質疑。這時甯惠子很後悔自己參與了叛亂。不久，甯惠子病重，臨死前，他叮囑兒子甯悼子一定要想方設法把衛獻公迎回來。

甯悼子找到了流亡在外的衛獻公，衛獻公許諾道：「如果寡人能復位，將不再管理朝政，只負責宗廟、祭祀。」甯悼子有些心動，但大臣們一致反對。

有位大臣歎息道：「做事要前後一致，你的父親驅逐了衛獻公，你現在卻要迎他回國。就像下棋時，手拿着棋子，想往這邊放，又想往那邊放，怎麼也決定不下來，到最後一定會輸掉這盤棋。你們父子對待國君的態度，還不如下棋時慎重，你們早晚會惹上大禍。」

這位大臣一語成讖（chèn，粵音摻cam³）。甯悼子一意孤行，迎衛獻公回國復位。此後，甯悼子認為自己有功，獨斷專行，根本不把衛獻公放在眼裏。衛獻公很惱火，殺了甯悼子。

後來，人們就用「舉棋不定」比喻做事猶豫不決。

　　舉棋不定，下棋為什麼會輸？這是因為從表面上看，舉棋不定好像是在很努力地思考，其實腦子裏的每一個想法都不夠成熟，所以沒有落子的決心。下棋的思路不清晰，沒有想好應對的策略，輸棋便是情理之中的事了。

　　一盤棋如此，國家大事更是如此。推翻國君是一件大事，需要謹慎，可甯惠子對衛獻公不滿，便將他推翻，感到後悔了，便讓兒子把他接回來。甯悼子也過於草率，沒有仔細思考便遵從父親遺命。廢立國君關係身家性命，甯氏父子在這樣的大事上舉棋不定，草率兒戲，最終落得家破人亡的結局，也就不足為奇了。

成語小貼士💡

　　「舉棋不定」的近義詞有「猶豫不決」、「優柔寡斷」、「首鼠兩端」。「舉棋不定」、「猶豫不決」、「首鼠兩端」形容的是一種具體的行為或狀態，「優柔寡斷」往往指一個人的性格，二者還是有些區別的。

　　「舉棋不定」的反義詞有「當機立斷」。

請在下圖表格中，每一行各取一個字，組成四字成語。

（提示：每個字只能用一次，而且表格裏的每個字都要用到，不能有多餘的字。）

舉	裏	投	走	陽	內
棋	鼠	馬	應	憂	奉
看	不	忌	外	陰	外
花	定	器	違	合	患

一語成讖	一句（不好的）話說中了。
獨斷專行	行事專斷，不考慮別人的意見。
家破人亡	家產破敗，家人死亡。形容家庭遭遇了極大的不幸，非常悲慘。
首鼠兩端	遲疑不決或動搖不定。

<ruby>棋<rt>qí</rt></ruby> <ruby>逢<rt>féng</rt></ruby> <ruby>對<rt>duì</rt></ruby> <ruby>手<rt>shǒu</rt></ruby>

　　唐朝末年有一位詩人名叫陸龜蒙，他家世代做官，他自己雖然是一個博學的人，但是考進士總也考不上，最後他跑到山野間隱居，以耕種為生，還養了一些鴨子。閒暇時，他便帶着自己的茶壺、詩書和釣魚工具，坐着船在江上遊玩。

　　關於他的鴨子，有一件這樣的趣事。

　　有一天，一個宦官經過陸龜蒙家時，用彈弓打死了一隻鴨子。

　　陸龜蒙很不高興，卻裝出不知所措的樣子，對宦官說：「這隻鴨子與眾不同，會說人話。我本想把牠獻給皇上的，現在被你打死了，這可怎麼辦呀？」

　　宦官害怕極了，連忙把兜裏的錢全掏出來，賠給了陸龜蒙。等陸龜蒙收了錢，宦官好奇地問：「這隻鴨子能說什麼人話？」

陸龜蒙笑了笑說：「牠會喊自己的名字，牠的名字叫『嘎嘎』。」

宦官一聽，鼻子差點氣歪了。

此外，在晚唐時期，圍棋在士大夫中極為流行，幾乎所有的讀書人都會下棋。陸龜蒙也喜歡下棋，而且精通圍棋，經常與一個叫釋尚顏的和尚對弈。後來，陸龜蒙和釋尚顏因故分開，釋尚顏還特意寫了一首《懷陸龜蒙處士》的詩，其中有一句：「事厄傷心否，棋逢對手無？」表達了對棋友的關心和思念。

後來，詩中的「棋逢對手」逐漸變成一個成語，它的本義是下棋時遇到了水準相當的對手，現在用來比喻鬥爭的雙方本領不相上下。

　　圍棋是我國傳統的棋盤遊戲，最早的時候叫「弈」，下棋就叫「對弈」，也叫「手談」。

　　圍棋在春秋時期已有記載，在唐代達到鼎盛，那時朝廷還在翰林院專門設立了一個職位「棋待詔」，就是從民間招攬圍棋高手，讓他們陪皇帝下棋。有的棋待詔甚至能對朝政產生影響。

　　唐朝的文人和僧人都善於下棋，他們經常在一起對弈，像陸龜蒙和釋尚顏一樣成為棋友。圍棋本身具有深刻的哲理，下棋的時候，人們會彼此交流思想，所以，長期的棋友也常常會發展為心靈相通的知己。

　　「棋逢對手」後面經常連着另外一個詞「將遇良才」。

　　「棋逢對手」的近義詞有「勢均力敵」、「不相上下」、「旗鼓相當」、「權均力齊」、「銖兩悉稱」等，這些都有實力、能力、水準、權勢、輕重等兩者相等，分不出高低的意思。

　　「棋逢對手」的反義詞有「敵眾我寡」、「驅羊攻虎」、「蟲臂拒轍」等。這些表示的是多少、大小、強弱、高低等方面的差距懸殊。

在下面這座成語迷宮裏，從左上方的「棋」字進入，按照成語接龍的順序，就能找到出口。快來試試吧！

入口➡

棋	逢	對	手	足	之	情
高	山	簿	不	一	而	論
一	開	公	釋	然	崖	道
招	道	堂	卷	帙	浩	繁
賢	貌	合	神	離	渺	花
納	岸	谷	之	變	化	似
士	然	美	輪	美	奐	錦	➡出口

成語放大鏡

不知所措	不知道怎麼辦才好。
旗鼓相當	比喻雙方力量不相上下。
銖兩悉稱	形容兩方面輕重相當或優劣相等。
蟲臂拒轍	猶言螳臂當車。比喻以小敵大，力量懸殊。

半部論語
bàn bù lún yǔ

　　宋太祖趙匡胤（yìn，粵音孕）手下有一個謀臣，名為趙普。趙匡胤還沒有當皇帝的時候，曾任五代時期後周的殿前都檢點，相當於禁軍統帥，手握兵權。

　　趙匡胤率軍北上對抗外敵，部隊到達陳橋驛的時候，在趙普和趙匡胤其他部下的策劃之下，發動「陳橋兵變」，趙匡胤黃袍加身，眾人擁立他做皇帝。趙匡胤改國號為宋，正式建立宋朝，史稱宋太祖。趙普成為開國功臣，得到趙匡胤的信任和重用，做了宰相。

　　宋太祖死後，他的弟弟趙匡義繼位，史稱宋太宗，趙普仍擔任宰相一職。朝中有人看不慣趙普，便對宋太宗說：「趙普這個人學識淺薄，讀過的書只有儒家的《論語》，這樣的人怎麼能勝任宰相呢？」

宋太宗問趙普：「有人說，你只讀過《論語》這一部書而已，是真的嗎？」

　　趙普坦白地回答說：「的確如此。以前我用半部《論語》輔助太祖平定天下，現在我用半部《論語》輔助陛下治理天下。」

　　宋太宗聽後，連連點頭，認為趙普的話很有道理。

　　後來趙普因病去世，家人在他的書箱裏，果然只看見《論語》。宋太宗得知他去世的消息十分悲傷，認為損失了一名社稷之臣，忍不住為他痛哭。

　　舊時人們說「半部《論語》治天下」，意思是熟讀半部《論語》，就可以治理好國家，這是在稱讚《論語》，強調儒學的重要。

延伸小知識

　　孔子是中國歷史上非常有影響力的人物，史稱「素王」。「素王」指沒有土地，沒有人民，沒有登上帝位，但是具備帝王德行的人。宋朝有人感慨：「天不生仲尼，萬古如長夜。」意思是說，如果沒有孔子（孔子字仲尼），那麼世界就像一直處在黑夜中。

　　《論語》記錄了孔子和弟子們的言行和思想，是儒學的重要經典，也有說是「中國人的聖經」。數千年來，它已經滲入中國人的思想和生活之中。

　　《論語》中探討過一些治國方法，最主要的觀念是以德治國。孔子認為，如果用嚴酷的刑法去壓制和控制百姓，雖然可以在一定程度上避免他們犯罪，但是治標不治本，治理國家應該以德治國，讓百姓具有羞恥之心，讓他們自覺遵守社會道德與規範。

　　掌握半部《論語》就能治理好國家，這除了說明《論語》充滿智慧外，也說明讀書不在多，而在精。

成語小貼士

　　「半部論語」中的「論」字不能錯寫為「倫」。

　　有人認為，這是儒學家編造了趙普的故事來宣揚儒學的力量，又有誰能真的只憑《論語》就治理好天下呢？「半部《論語》治天下」確實是一種誇張的說法，但是，《論語》對中國的影響，對每個人思想的影響，毋庸置疑。

　　和儒家相關的成語除了「半部論語」外，還有「孔孟之道」、「見賢思齊」、「克己復禮」等。

在下圖中填上適當的字，使每一行都有兩個帶「半」字的成語。

半	斤	八	兩					半
	半						半	
		半				半		
			半	半				

成 語 放 大 鏡

黃袍加身	五代後周時，趙匡胤在陳橋驛發動兵變，部下給他披上黃袍，擁立他為皇帝。後來用「黃袍加身」指政變成功，奪得政權。
開國功臣	指為建立新的國家或朝代立下汗馬功勞的人。
孔孟之道	孔：孔子。孟：孟子。指儒家學說。
見賢思齊	見到德才兼備的人就想趕上他。
克己復禮	約束自己，使每件事都歸於「禮」、符合禮。

dú shū bǎi biàn 讀書百遍

　　東漢末年，關中發生動亂，一個叫董遇的少年跟隨哥哥討生活。兄弟倆身無長物，寄人籬下，只能每天上山砍柴，再挑去叫賣，貼補家用。董遇砍柴的時候總是隨身帶着書，一有空就看書。他堅持不懈地學習，最終成為一個知識淵博的青年學者。

　　由於董遇才華出眾，獲推薦當上了官員，後來又當上了黃門侍郎，平日為漢獻帝處理公文，傳達詔書，為皇帝講解學術問題。漢獻帝很喜歡他，也很信任他。

　　董遇特別擅長解讀著名哲學家老子的《道德經》，對史書《左傳》也很有研究。許多人向他求教，他卻不肯教，只是說：「你回去把這些典籍好好讀一百遍，自然而然就會明白其中的道理。」

　　求教的人訴苦道：「我事務繁雜，恐怕沒有

時間讀那麼多遍。」

董遇便說：「你可以用『三餘』時間。」

「什麼是三餘時間？」

「冬天沒有農活要做，這是一年中空餘出來的時間；晚上不用勞作，這是一天中空餘出來的時間；陰雨連綿的時候，不能出門，只能在家裏待着，這是每時每刻都有可能空餘出來的時間。這就是讀書可用的『三餘』時間。」

人們從這個故事中提煉出成語「讀書百遍」，意思是讀書的次數足夠多了，也就能自然而然地領悟書中講述的道理和意義。

　　董遇不喜歡把自己的見解直接教授給別人，他通過自己常年的學習實踐，總結出了一種行之有效的方法，他願意把這種方法傳授給人們。

　　「讀書百遍」的學習方法是有科學依據的。當我們反反覆覆閱讀一段文字時，大腦便會不斷地去處理這段文字，對它做出各種分析。我們讀的次數越多，大腦分析出的結果也越多，當分析結果達到一定數量時，我們就會產生一種頓悟的感覺。

　　根據史書記載，董遇不算聰明，但他勤奮好學，好好運用一切空閒的時間去讀書，因此他才從砍柴小子成長為大學問家。學習沒有什麼捷徑，我們應該和董遇一樣，善用時間，多讀書，多思考，把書本的知識變成自己的知識。

成語小貼士

　　成語「讀書百遍」其實還有後一半——「其義自見（xiàn，粵音現）」，兩句話合起來的意思是「把一本書讀上很多很多遍，它的含義自然就會顯現」。如果我們要在寫作中使用這個成語，最好能把「其義自見」也寫出來，這樣顯得比較完整。

　　和「讀書百遍，其義自見」意思相近的名句有「讀書破萬卷，下筆如有神」，意思相反的成語有「囫圇吞棗」、「一知半解」。

下面每行有兩個帶「書」字的成語，把成語補充完整，然後從頭到尾讀一遍，看看自己把「書」讀了多少遍。

奮	筆	疾	書	書			
		書				書	
		書				書	
	書						書
		書				書	
			書		書		
			書	書			

成 語 放 大 鏡

身無長物　　形容極為貧窮。

寄人籬下　　寄居在別人家裏，指依靠別人過活。

囫圇吞棗　　不咀嚼就把整個棗子吞下去。比喻讀書不加分析，不深入理解，籠統地接受。囫圇hú lún，粵音忽倫。

焚書坑儒
fén shū kēng rú

　　秦始皇統一天下之後，在咸陽宮裏大宴羣臣。有人趁機歌功頌德，阿諛奉承，討好秦始皇。可是，博士淳于越反對秦始皇推行郡縣制，要求復行分封制。

　　丞相李斯說：「有一些儒生總覺得過去的舊制度好，萬事都以古人的典籍為標準，總借着反對現在的政令來表明自己更高明，而且，他們在百姓中造謠，製造混亂。我請陛下下令，除了秦國的史書外，以前其他國家的史書都燒掉。醫藥、農業、占卜等有用的書，民間可以留存，但是《詩經》、《書經》（《尚書》）、《樂經》等諸子百家的書籍，只可由官方保存，民間一律要交出來燒毀。這樣就再也不會有人以古代的典籍來非議今天的朝政了。」

　　秦始皇非常同意李斯的建議，馬上下令，將

相關的書籍全部燒毀。這就是「焚書」事件。

當時，秦始皇為了自己能長生不老，讓方士盧生和侯生為他尋找仙藥。就在「焚書」事件的第二年，盧生和侯生竟然私自逃走了，走之前還說：「煉不出丹藥，是因為秦始皇暴虐無德。」秦始皇大為震怒：「侯生和盧生竟和儒生同流合污，一起說朕的壞話，真是可惡極了！」於是，秦始皇派御史審問所有儒生，最後活埋了四百多人。這就是歷史上著名的「坑儒」事件。

「焚書坑儒」指秦始皇為鞏固統治而焚燒古代典籍、坑殺方士儒生的事件。

　　「焚書坑儒」是秦始皇為了鞏固自己的統治而採取的鎮壓措施，目的是統一思想，加強皇權，但秦始皇的做法太過殘暴，「焚書」毀滅了秦朝以前長期積累的文化財富，「坑儒」又殺害了許多精神財富的創造者。

　　毋庸置疑，秦始皇完成統一天下的大業，建立中國歷史上首個中央集權的帝國，可說是一個偉大的皇帝，但不得不說，他同時也是一個殘暴的皇帝。他的所作所為，嚴重損害了中國的古代文化。秦朝到了秦二世便滅亡，只維持了十多年的統治，是個短命王朝。西漢初年著名政論家、文學家賈誼在《過秦論》中分析了秦朝滅亡的原因，他指出「天下苦秦久矣」，秦朝滅亡，是因為秦朝不施行仁政，導致天下百姓過得太苦了。

　　秦始皇自稱「始皇帝」，「皇帝」的稱謂是秦始皇首創。在古代，「皇」有「大」和「天」的意思，「帝」指君主、天神。古代有三皇五帝，秦始皇將「皇」和「帝」兩個字結合起來，表明自己至高無上的地位是上天賜予的。

　　和秦始皇有關的成語還有「圖窮匕見」。

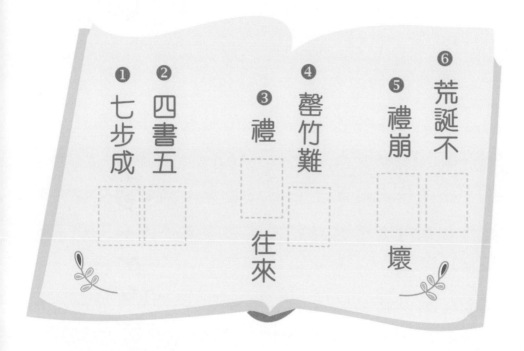

秦始皇焚書坑儒，燒毀了哪些書呢？把以下的成語補充完整，看看圖框裏的詞語，你就會知道了。

① 七步成□

② 四書五□

③ 禮□往來

④ 罄竹難□

⑤ 禮崩□壞

⑥ 荒誕不□

成語放大鏡

歌功頌德 歌頌功績和恩德。多用於貶義。

阿諛奉承 迎合別人的意思，説好聽的話，恭維別人。含貶義。

圖窮匕見 戰國時，荊軻奉燕國太子之命去刺殺秦王，以獻燕國督亢的地圖為名，預先把匕首藏在地圖裏，到了秦王面前，慢慢把地圖展開，最後露出匕首。借指事情發展到最後，真相或本意顯露出來了。

　　宋朝的第二位皇帝宋太宗，十分重視文化
遺產的保護工作。宋太宗在位時期，年號為「太
平興國」。他命大臣李昉（fǎng，粵音訪）、李
穆、徐鉉等人編纂了一套規模龐大的百科全書，
起初名為《太平總類》。這套書共一千卷，收集
並摘錄了一千六百多種古籍的主要內容，保存了
很多宋朝以前的珍貴文獻資料，是一套很有價值
的圖書。

　　圖書編好之後，宋太宗規定自己每天至少要
看三卷，一年內將這套大規模的系列圖書全部看
完。這套書因此改名為《太平御覽》，意思是太
平興國年間皇帝親自閱覽的書。

　　有的大臣覺得，皇帝每天處理國家大事，現
在還要抽出休息時間來閱讀如此大部頭的巨著，
實在太過勞累，就勸皇帝說：「陛下喜歡看書，

雖是好事，但還是多休息吧，別太累了。」

宋太宗卻說：「開卷有益，多讀書才好，朕不覺得勞累。在閱讀的時候，看見古人做得不好的地方，我引以為鑒；古人做得好的地方，我就加以學習。」他堅持每天閱讀，有時因國事繁忙耽擱了，也要抽空補上。

宋太宗每天閱讀《太平總類》，學問越來越淵博，處理國家大事也更加得心應手，又常與大臣討論歷代帝王得失。大臣們見皇帝如此勤奮，紛紛仿效，全國讀書的風氣很盛。

後來，「開卷有益」成了成語，形容只要打開書本讀書，就會有益處，有收穫。

「開卷有益」這個成語故事，能讓人感受到閱讀的重要。古今中外，哪一個卓爾不羣的人不天天打開書本呢？正因為愛讀書，他們成為飽學之士，在歷史中留下光輝高大的身影。孔子讀書破萬卷，開創儒家學派，被稱為「孔聖人」；司馬遷讀書破萬卷，寫出《史記》，作品被列為「二十四史」之首；李白讀書破萬卷，斗（dǒu，粵音抖）酒詩百篇；魯迅、郭沫若讀書破萬卷，成為中國現代文學巨匠⋯⋯

古人嗜書如命，認為飢餓的時候讀書，書像肉一樣可以用來充飢；寒冷的時候讀書，書像皮裘一樣可以禦寒；寂寞孤單的時候讀書，書像朋友一樣可以暖心；憂愁煩悶的時候讀書，書像金石琴瑟一樣可以疏解心情。

對一些愛書人來說，讀書不是為了名與利，對於他們來說，書就像一日三餐一樣，是他們生活中不可或缺的一部分，甚至是他們生命中的一部分。

與讀書有關的成語有很多，用功讀書的人，為了讀書可以鑿壁借光、囊螢映雪、懸樑刺股；愛書的則手不釋卷，甚至嗜書如命；有的人看書快，一目十行；有的人讀書多，博覽羣書；有的人喜歡藏書，汗牛充棟；有的人讀書到老，皓首窮經；有的人讀書不求甚解；有的人從不讀書，結果不學無術、目不識丁⋯⋯

你知道哪些跟「書」有關的成語？把下面的成語補充完整。

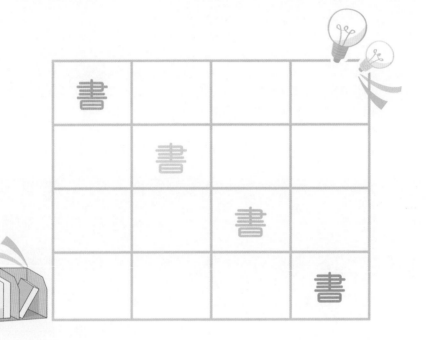

引以為鑒	援引某事或過去的經驗，作為警惕。
卓爾不羣	優秀卓越，超出常人。
汗牛充棟	汗牛：用牛運輸，牛累得出汗。充棟：堆滿了屋子。形容書籍極多。
皓首窮經	皓：白。一直到年老頭白之時還在深入鑽研經書和古籍。
不求甚解	只求知道個大概，不求徹底了解。常指學習或研究不認真、不深入。

滿腹經綸

măn fù jīng lún

　　明朝時期，有兩位小神童，他們是李東陽和程敏政。皇上聽聞他們的名聲，便宣他倆進宮。

　　那時候，他們的年紀還小，人小腿短，宮中門檻很高，他倆要想邁過去很費勁。皇帝看見了，便笑着說了一個上聯：「神童足短。」這個上聯打趣他們兩個神童年紀輕，腿還很短。

　　李東陽很快對出下聯：「天子門高。」這個下聯回擊了皇帝：「我們腿可不短，是天子家的門檻太高了。」

　　皇帝覺得有趣，便設宴款待這兩位小神童。

　　在宴會上，皇帝看到席間有進貢的螃蟹，興致來了，便又出了一個上聯：「螃蟹渾身甲胄（zhòu，粵音就）。」這個上聯將螃蟹的硬殼比作戰士的盔甲，形象具體又有趣。

　　程敏政立即對道：「鳳凰遍體文章。」文章

在古代指複雜的色彩和花紋，也指好詩文。

李東陽也緊跟着對出下聯：「蜘蛛滿腹經綸。」他將蜘蛛肚子裏的絲比作經綸。經綸原指整理絲線，引申為人的才能、學問。

兩人的下聯不但呼應了皇帝的上聯，還暗指自己有才華，這可是一語雙關。

皇帝大喜：「這兩個孩子真有才華，以後必定一個能當宰相，一個能成為翰林。」

後來，程敏政和李東陽都在考試中取得好成績，當上了官員。

人們用「滿腹經綸」形容人很有政治才幹或很有才學。

古代的蒙學，需要學對對子，跟對聯一樣，也就是兩句句子的字數要一樣，詞語的內容和性質要相對。對對子是寫詩的基本功，也是童子試的必考題。那時對對子有教材，比如朗朗上口的《笠翁對韻》：「天對地，雨對風。大陸對長空。山花對海樹，赤日對蒼穹。雷隱隱，霧濛濛。日下對天中。風高秋月白，雨霽晚霞紅……」

這些小神童天資聰慧，他們長大之後，是否能成為對社會有用的人，是否能有更高的文學造詣，與他們日後在學習上的付出多少有關。

如果你是個神童，卻驕傲自滿，不為自己注入新的知識，那麼便只能和歷史中的神童仲永一樣，慢慢變成一個平庸的人。

「經綸」為什麼指才華呢？這個詞最初指整理過的蠶絲。治理國家就像整理蠶絲，要從雜亂中理出頭緒，變無序為有序，所以古人用「經綸」比喻規劃、管理國家大事的才能本事。

「滿腹經綸」的近義詞有「滿腹珠璣」、「博古通今」、「學富五車」。這幾個成語都用於形容很有學問，但彼此又稍有不同。「滿腹經綸」強調很有才能，「滿腹珠璣」偏重文采，「博古通今」側重知識豐富，「學富五車」強調讀書多。

「滿腹經綸」的反義詞有「才疏學淺」、「不學無術」、「目不識丁」。

成語歡樂谷

「滿腹經綸」與神童李東陽、程敏政有關。下面這些成語，你知道它們分別和哪個人物有關嗎？

1. 望梅止渴 ——

2. 紙上談兵 ——

3. 四面楚歌 ——

4. 墨守成規 ——

5. 臥薪嘗膽 ——

成語放大鏡

滿腹珠璣	形容人很有寫作才能。
博古通今	通曉古今的事情，形容知識豐富。
學富五車	五車：五車書。形容讀書多，學問大。車chē，粵音居。
才疏學淺	才能低，學識淺。多用於自謙。
不學無術	沒有學問，沒有能力。

牛角掛書
niú jiǎo guà shū

　　隋朝時有一位少年，名為李密。他原是貴族出身，可是後來父親去世，家境不如以前。他曾到宮中做侍衞，但值班時漫不經心，結果被免去了侍衞的職務。

　　李密回家以後，發奮讀書，不再浪費時間。一次，李密騎着牛外出辦事，他把一套《漢書》掛在牛角上，從中抽出一本，坐在牛背上一邊趕路，一邊讀書，十分專注。

　　那天，宰相楊素正好坐車外出，他看到李密如此專心看書，不由得暗暗讚許。楊素跟在李密後面走了一段路，才上前問道：「你讀的是什麼書？」

　　李密認得出那是當朝的宰相，趕緊從牛背上下來，回答道：「我正在讀《漢書》中的《項羽傳》。」

楊素很親切地跟李密談了一會，覺得這個少年不是等閒之輩，前途無量，便鼓勵說：「你這麼好學，將來一定會有所成就。」

　　楊素回家後，把李密的故事告訴兒子楊玄感。楊玄感對李密很感興趣，之後，兩人成了知心朋友。

　　「牛角掛書」講的是李密在牛角上掛書學習，現在用來比喻讀書勤奮。

和李密一樣嗜書如命、手不釋卷的，還有近代著名話劇《雷雨》的作者、有「中國莎士比亞」之稱的曹禺先生。

抗日戰爭期間，曹禺在四川江安國立戲劇專科學校任教。一天，曹禺的家人給他準備了澡盆和熱水，要他去洗澡。此時的曹禺正在看書，看得入神，便一推再推，最後實在推託不過，便一手拿着毛巾，一手拿着書，不情願地步入內室。一個鐘頭過去了，曹禺還沒出來，不過房內不時傳出嘩嘩的水聲。又一個鐘頭過去了，情況依舊。曹禺的家人覺得有蹊蹺，推門一看，原來曹禺坐在澡盆裏，一手拿着書看，另一隻手拿着毛巾在有意無意地拍水。

讀書讀到這般入神，曹禺稱得上是個書癡。

成語小貼士

李密牛角掛書，騎牛外出的路上也在如飢似渴地閱讀，可見他勤奮和愛讀書以外，也是個會利用零碎時間的人。

人的生命有限，如何在有限的時間裏爭分奪秒，積極提升自我，是決定一個人成功與否的關鍵。與其感慨「時間都去哪兒了」，不如管理好自己的時間，抓住稍縱即逝的每一分每一秒。

古人有很多珍惜時間的成語故事，比如「鑿壁偷光」、「囊螢映雪」、「懸樑刺股」、「聞雞起舞」……這些故事的主人公不僅珍惜時間，而且堅持學習。

我們現在許多人「常立志」，但不能「立長志」，興趣來了，就刻苦一把，但新鮮好奇的勁頭一過，或者一遇到困難，就馬上退縮。如果學習一暴十寒，不能持之以恆，那麼前面的努力都會白費。

下面的成語，哪些是表示熱愛讀書，值得稱讚的？哪些是表示不好好讀書，需要反思的？把它們和對應的手勢連起來。

囊螢映雪

牛角掛書

心猿意馬

遊手好閒

手不釋卷

胸無點墨

不學無術

廢寢忘餐

成語放大鏡 🔍

漫不經心	隨隨便便，不放在心上。
如飢似渴	形容要求非常迫切，如同餓了急着要吃飯，渴了急着要喝水一樣。
聞雞起舞	東晉時，祖逖（tì，粵音剔）和劉琨二人是好朋友，常常互相勉勵，半夜聽到雞鳴就起牀舞劍（見於《晉書·祖逖傳》）。後用來指志士及時奮發。
一暴十寒	比喻勤奮的時候少，懈怠的時候多，沒有恒心。暴pù，粵音僕。

qìng zhú nán shū

罄竹難書

隋煬帝是隋朝的第二位皇帝，他即位後，下令修築大運河，營建東都洛陽，準備搬遷首都，還多次親自帶兵出征，與吐谷渾、高句麗等地開戰。由於戰爭頻繁，加上多項大型建設都要動用大量的人力物力，使士兵和百姓死傷無數、苦不堪言。人民忍受不了隋煬帝的暴政，最終起來反抗。

隋朝末年，李密機緣巧合認識了當時的宰相楊素，還和他兒子楊玄感成為好友。後來，楊玄感拉着李密一塊兒起兵造反，意圖推翻隋朝。可是楊玄感這個人剛愎自用，不願意聽李密的建議，最後兵敗被殺。李密僥倖逃生，到處流亡，最後投奔了瓦崗寨，加入了反隋義軍。

李密指揮瓦崗軍打了幾場勝仗，被推舉為首領。大軍即將打到隋朝的東都洛陽時，他讓自己

手下一個叫祖君彥的書生寫了一篇討隋的檄文。

這篇檄文歷數隋煬帝十大罪狀，擲地有聲，振聾發聵。其中有兩句話尤其有名：「罄南山之竹，書罪未窮；決東海之波，流惡難盡。」這兩句話的意思是，把南山上所有的竹子做成竹簡（古人把文字寫在竹簡上），也寫不完隋煬帝的罪過；把東海的水全放出來，也洗不掉隋煬帝的惡行。這是用誇張手法來形容隋煬帝殘暴無德的程度。

後來，人們用成語「罄竹難書」來形容事實（多指罪惡）很多，難以說完，含貶義。

延伸小知識

中國的南北朝到隋唐這段時期，是很講究出身背景的，在皇帝身邊拿着武器做侍衞，可不是普通老百姓能做的工作。李密當過侍衞，其中一個原因是他出身於貴族。

李密家境如何呢？李密的爺爺是國公，父親是郡公，都是等級很高的貴族。他小小年紀就繼承了父親的爵位，別人求之不得的東西，他唾手可得。其實，只要靠着父輩留下的本錢，他能夠過上比較安穩的生活，不過，李密不願意平平凡凡過一生。他從小特別喜歡讀書，也非常用功，在當時很有名的學者包愷門下學習，是學生裏成績最好的一個。

成語小貼士

　　「罄」字為什麼有「用盡」的意思呢？「罄」字中的「缶」是盛東西的容器，和缸很像。「罄」字的本義是「容器空了」，所以它有「光、用盡」的意思。

　　「罄竹難書」在感情色彩上很容易被用錯。這個成語有貶義色彩，只能用於形容很壞的事情。比如造句「他是大家的開心果，關於他的趣事，罄竹難書」，這是錯誤的，這時候建議使用「不勝枚舉」、「數不勝數」等。

　　另外，「罄竹難書」的程度很深，往往用來指很壞的事情，指掌握了強權、霸權或擁有很大的政治勢力的人才能做出來的壞事情。普通的小偷小摸等，都不能亂用「罄竹難書」。

　　和「罄竹難書」詞義相近的成語有「十惡不赦」、「罪大惡極」。程度再弱一點兒的成語有「擢髮難數」，它偏重於形容罪行多。

下面這座成語迷宮裏，藏着好多包含「罪」字的成語，你能把它們都圈出來嗎？

懷	接	開	彌	謹	寸	日
力	璧	張	天	言	積	積
士	苗	其	大	慎	銖	月
苗	滔	天	罪	行	累	累
將	滔	崩	大	惡	危	如
功	不	地	惡	紫	昭	穎
折	絕	裂	極	奪	曉	彰
罪	加	一	等	朱	智	作

成語放大鏡

剛愎自用	愎（bì，粵音壁）：乖僻，執拗。倔強固執，自以為是。
振聾發聵	發出很大的聲響，使耳聾的人也能聽見，比喻用語言文字喚醒糊塗的人。聵kuì，粵音繪。
唾手可得	唾手，往手上吐唾沫。形容非常容易得到。
擢髮難數	形容罪惡多得像頭髮那樣，數也數不清。擢zhuó，粵音昨。

手不釋卷

　　三國時期，吳國的大將呂蒙沒怎麼讀過書，文化水準不高。吳國統治者孫權勸他說：「愛卿，你現在管理這麼多兵馬，應當多學習，長點學問。」

　　呂蒙為難地說：「我每天軍務繁忙，怕是沒有時間讀書。」

　　孫權苦口婆心地說：「我又不是讓你研究經學，當個博士，只是讓你多看看史書，了解歷史罷了。我小時候讀過《詩經》、《尚書》等，自從坐上這個位子，又讀《史記》、《漢書》等史書、兵書。我這才知道，那些我讀過的史書、兵書，對管理政事是大有裨益的。你只要肯學，必然能有所感悟，有所收穫。當年漢光武帝在行軍打仗的時候，手裏總拿着一本書（手不釋卷）。曹操也常說，自己是老而好學。」

呂蒙聽了以後，只要有時間就見縫插針地學習。很快，他的學識就超過了許多讀書人。吳國的謀臣魯肅讚歎道：「以前聽說你是一個只懂用力氣的武夫，現在你學識淵博，跟過去完全不一樣了。」

呂蒙回答道：「三日不見，別人也會有進步，不能用老眼光去看人（士別三日，即更刮目相待）。」

後來，「手不釋卷」成為一個成語，形容讀書勤奮或看書入迷。

名家點評

人們普遍認為這個典故出自《三國志》中的《呂蒙傳》，其實它出自裴松之注引的《江表傳》，其中提到漢光武帝一邊作戰一邊手不釋卷，愛好讀書。這個成語一般用來形容中國的儒將。

酈波
南京師範大學文學院教授

　　呂蒙少年家貧，為了改變命運，他十幾歲就偷偷跟着姐夫去參軍打仗，受客觀條件所限，他確實沒什麼知識儲備，就是一個大老粗。但是聽了孫權的話後，他明白了讀書要講究方法。一是要確定讀書的目標，做學問有做學問的讀書法，提高個人修養有提高個人修養的讀書法，兩者完全不同。如果只是後者，那麼選擇一些常識性的書來讀就可以。二是要不畏難，不能被動等待「有時間」，而是要主動去「擠時間」。有一點兒空就看幾頁，積少成多，集腋成裘，慢慢地，知識也就豐富起來。

　　像「手不釋卷」這樣形容勤奮苦讀的成語，還有「韋編三絕」。

　　「韋編三絕」的故事與孔子有關，孔子也是愛書之人。在造紙術發明以前，古人用竹簡書寫，一片一片的竹簡很不方便閱讀，於是人們用繩索將竹簡穿起來，「韋編」就是將竹簡連綴成「篇」的皮繩。「絕」是斷的意思（可聯想斷絕），「三」並不一定指實實在在的三次，而是表示很多次。所以「韋編三絕」的本義，就是穿竹簡的皮繩斷了很多次。孔子晚年愛好讀《周易》，他翻閱的次數實在太多了，以至於穿竹簡的皮繩都被磨斷了好多次。

　　後來，人們用「韋編三絕」形容人讀書勤奮。

把以下的成語補充完整，看看圖框裏的詞語，你就會知道下面推薦了什麼好書。

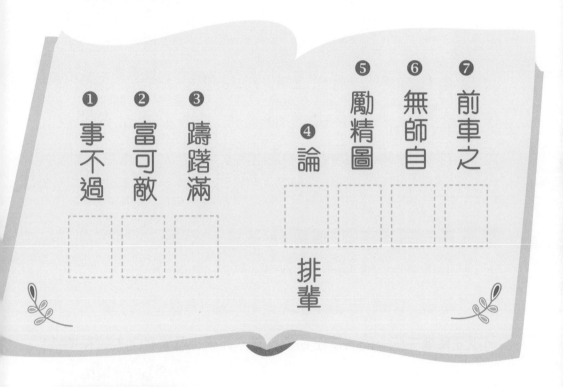

❶ 事不過 □

❷ 富可敵 □

❸ 躊躇滿 □

❹ 論 □ 排輩

❺ 勵精圖 □

❻ 無師自 □

❼ 前車之 □

成語放大鏡

大有裨益	益處很大。裨 bì，粵音悲。
見縫插針	比喻盡量利用一切可以利用的空間、時間或機會。
積少成多	將少量的東西積累起來，數量便會變得巨大。
集腋成裘	狐狸腋下的皮雖然很小，但是聚集起來就能縫成一件皮袍。比喻積少成多。

數典忘祖

　　春秋末年，周景王的夫人穆后去世，各國諸侯都派出使者，前去參加葬禮。為了表示恭敬，使者們紛紛奉上厚禮。葬禮結束後，周景王設宴款待各位使者。酒過三巡，周景王拿起魯國進貢的酒壺，對晉國的使者籍談説：「諸侯都給周王室進貢禮物，唯獨晉國沒有，為什麼？」

　　籍談不以為然地説：「諸侯受封的時候，周天子賞賜給各諸侯國禮器寶物，讓他們鎮守四方，所以他們能把彝（yí，粵音移）器進貢給天子。晉國位處深山，與戎狄為鄰，遠離王室，一直感受不到天子的福佑，所有沒有彝器可獻。」

　　周景王聽後，説：「你忘了嗎？晉國的始祖唐叔是周成王的同母兄弟，大家是一家人，難道沒有得到過賞賜？周文王的名鼓和車，周武王的皮甲，都賞賜給了唐叔。這些不都是賞賜嗎？而

且以前你的高祖孫伯黶（yǎn，粵音掩）是掌管晉國典籍的史官，被稱為籍氏。你是籍氏的後人，難道不應該知道這些事情嗎？怎麼會忘了呢？」籍談被説得啞口無言。

宴席結束後，周景王惋惜地説：「籍談舉出舊典卻忘記了祖宗，真是數典忘祖。」

後來，人們就用「數典忘祖」比喻忘掉自己本來的情況或事物的本源。

延伸小知識

籍談是晉國人，卻不記得自己的君主曾受過周天子的封賞，忘記了自己的祖先掌管國家史冊，真是數典忘祖。

在日常生活中也有不少這樣的例子。隨着全球經濟文化的交流日益密切，很多外國的節日在中國越來越流行，如西方的情人

節、復活節、萬聖節、聖誕節等，很多人都有點崇洋媚外，過分重視這些「西洋節日」，反而忽略了自己的傳統節日。即便在春節這樣的重大節日裏，傳統的貼春聯、鬧元宵、逛燈會等習俗也漸漸被人淡忘和忽略，春節也過得越來越沒有年味。

我們不能忘記自己的根，不能忘了自己的故鄉、祖國的傳統文化。

成語小貼士

自古以來，中國人對於祖先有着由衷的尊重和莫大的敬畏，也有一種深深的懷念與感激之情，還相信他們會在冥冥之中保佑後人。我們的祖先一直鮮活地活在神話傳説和民間故事裏，活在浩瀚的典籍裏，活在民族智慧裏，活在每一個成語裏，也活在每一個漢字裏。他們是我們的根，是我們的驕傲，也是智慧的寶庫，是我們之所以是中國人的答案。

可是，有一些不肖子孫數典忘祖，急切地想要否定和割捨與祖先的一切聯繫。在他們的眼中，外國的月亮也比自己國家的圓。

「數典忘祖」的近義詞有「變古亂常」，反義詞就有「飲水思源」、「狐死首丘」。

成語歡樂谷

下面的成語迷宮裏有好多成語，你能把它們都找出來嗎？

恒			寥				開
	河	含	寥	刊	人		
	山	沙	可	之	多		
魚	之	射	數	典	忘	祖	
	德	影	一	不	先		
	家	寡	數	之	勝		
獨			二			數	

成語放大鏡

不以為然	不認為是對的，表示不同意。多含輕視的意思。
崇洋媚外	崇拜外國，諂媚外國人。
不肖子孫	指品德差，沒出息，不能繼承先輩事業的子孫或晚輩。
變古亂常	更改或打亂祖宗常法。
飲水思源	喝水的時候想到水的來源，比喻人在幸福的時候不忘幸福的來源。
狐死首丘	古代傳說狐狸如果死在外面，一定把頭朝着牠的洞穴（見於《禮記·檀弓上》）。比喻不忘本或懷念故鄉。

寫經換鵝

<ruby>寫<rt>xiě</rt></ruby><ruby>經<rt>jīng</rt></ruby><ruby>換<rt>huàn</rt></ruby><ruby>鵝<rt>é</rt></ruby>

晉朝時，有個大書法家名為王羲之，有「書聖」的稱譽。他擅長寫各種書法，形成了自己的風格。他的書法被盛讚為「飄若浮雲，矯若驚龍」，意思是說他的書法像天上的浮雲一樣飄逸，又像天空中的游龍一樣矯健。最著名的要算是《蘭亭集序》，集合了隸書、楷書、行書、草書等多種字體，當中的二十多個「之」字，都用了不同的寫法，可見他的功力深厚。

民間流傳着很多關於王羲之的逸聞趣事。

傳說王羲之特別喜歡鵝，只要聽說哪裏有漂亮的白鵝，他就會跑去觀賞，或者乾脆買走。當時有個道士特別想要王羲之為他抄寫一卷《道德經》，他知道王羲之喜歡白鵝，就特地養了一羣，平日裏精心照料。果然，王羲之上鈎了。

道士的鵝，羽毛白得像雪，漂亮極了，王羲

之想買幾隻回去，道士笑着說：「我的鵝都是我親手養大的，就像我的孩子，我怎麼能賣自己的孩子呢？如果你真心喜歡，我便送你幾隻，不過我有一個要求，勞煩你替我抄卷《道德經》。」

王羲之不假思索便答應了，立即拿起筆來，為道士抄了一卷《道德經》。道士欣喜若狂，馬上將鵝裝進籠中送給他。王羲之帶着鵝開開心心回家去了。

「寫經換鵝」指以書寫經文來換鵝，形容書法高超。

延伸小知識

王羲之是晉朝大書法家，他的故事在民間盛傳不衰。「寫經換鵝」的故事中，道士投其所好，專門養鵝，以鵝換經，可見王羲之書法藝術的魅力，反映出當時人們對王羲之書法作品的讚賞與

珍視。而王羲之竟然為了幾隻鵝去抄經，可見他對鵝的喜愛，也能反映出他性格裏單純可愛的一面。

王羲之為什麼這麼喜歡鵝呢？因為他認為養鵝不僅可以陶冶情操，還可以提高自己的書法技巧。寫字就像白鵝浮水，白鵝要把全身的力氣用於兩掌，而書法要斂神靜氣，將全部精神凝聚在筆端，這樣寫出來的字才見功力。

從鵝身上能習得書法技巧，可見自然萬物身上皆有學問。我們在今後的學習生活中也要善於發現，善於聯想，以萬物為師，讓自己越來越優秀。

成語小貼士

與王羲之有關的成語有「東牀快婿」、「入木三分」等。關於「東牀快婿」，有這樣一個有趣的故事。

東晉大臣郗（xī，粵音雌）鑒很疼愛自己的女兒，視她為掌上明珠，想為她找個好夫君。他派人給丞相王導送了一封信，希望能在王家尋個女婿。兩家也算門當戶對，王導很爽快地答應了，還讓郗鑒到東廂房去挑選。

王府的子弟聽説郗府來覓婿，都仔細打扮一番，希望中選。只有王羲之滿不在乎，露出肚子，躺在東廂房的牀上。郗鑒高興地説：「躺在東牀上的人最好，就選他。」

後來，人們將「東牀快婿」作為女婿的美稱。

根據以下提示，猜一個成語。

❶

❷

❸

❹

成語放大鏡

欣喜若狂	形容高興到了極點。
投其所好	迎合別人的喜好。多含貶義。
入木三分	據說王羲之曾在木板上寫字，墨汁透入木板足足有三分深。後來，人們便用「入木三分」形容書法剛勁有力，也用來形容議論、見解深刻。
掌上明珠	比喻極受父母寵愛的兒女，也比喻為人所珍愛的物品，也說掌珠、掌上珠、掌中珠。

著作等身

zhù zuò děng shēn

　　北宋初期有個很有學問的人，叫賈黃中。他是當時的名臣，曾擔任翰林學士、給（jǐ，粵音級）事中、參知政事、秘書監等職位。

　　賈黃中自小就很聰慧，記憶力強，五歲開始跟着父親賈玭（pín，粵音頻）讀書。賈玭對兒子要求很嚴格，每天清晨便開始讀書，還規定他每天要讀一定數量的書籍。讀多少才算合適呢？賈玭想到一個辦法，那就是將文章篇幅展開，用它來量兒子的身高，身高多少就得讀完多長的文章，這就叫「等身書」。

　　除此之外，賈玭還規定道：「孩子，你只能吃蔬菜，等你事業有成後，才能吃肉。」

在這樣嚴格的要求下，賈黃中每日勤奮學習，十五歲就考中了進士。他當官時，作風廉潔，處事公平，待人寬容，得到皇帝的賞識。

「著作等身」後來用於形容著作極多，疊起來能跟作者的身高相等。

名家點評

古代文人很難做到著作等身。孔子周遊列國，述而不作，他雖然是儒家文化的宗師，可他沒有論文和專著，《論語》也是弟子們編寫的，如果他生活在今天，恐怕連講師都評不上，更別提教授了。

作為一個學者，我感慨很深。人們現在追求一些表面的東西，追求論文數量，追求著作等身，可現在中國垃圾論文的增長量是全世界最大的。我覺得整個學術界應該反思。

酈波
南京師範大學文學院教授

延伸小知識

在古代，要想著作等身是很難的一件事。南宋文學家、愛國詩人陸游一生創作了九千三百多首詩。按一頁一首詩來計算，他的作品有九千三百多頁，折算下來大約是三十本書，堆在一起的話，只有小腿那麼高。

現在這個年代，著作等身並不是什麼難事。網路上一天寫出幾萬字、一部作品洋洋灑灑幾百萬字的人比比皆是。可是，人們在驕傲於自己的作品數量時，往往忽略了作品的品質。

如果作品只是東拼西湊，粗製濫造，沒有營養也沒有分量，沒有厚度也沒有深度，那這樣的作品又有什麼價值和意義呢？文章不在多而在精，一首《登幽州台歌》只有寥寥二十二個字，卻足以輕鬆敵過成百上千的平庸作品。

所以，我們不能單單追求著作等身，更要從心出發，去創作真正好的作品，選擇有素質的好作品來看。只有這樣的作品，才能經受歷史的考驗，感動無數人的心。

成語小貼士

「著作等身」原義是「身高多少就得讀完多長的文章」，後來詞義發生了演變，指作品和作者身高一樣，形容作品極多。

成語詞義會發生變化，原因很多，有的是因為社會的發展與進步賦予了成語更豐富的內涵，有的是因為人們對成語的主動改變，或對成語的錯誤運用。比如，「空穴來風」的原義是有了洞穴才有風進來，比喻消息和傳說不是完全沒有根據的。可是現代人多把這個成語用錯，用於「這樣的謠言真是空穴來風」，指消息和傳說毫無根據。這個成語因為用錯的人太多，錯誤語義變為通行語義，所以《現代漢語詞典》在解釋「空穴來風」時，將「指消息和傳說毫無根據」的含義也收入進來。

「著作等身」的近義詞有「學富五車」、「滿腹經綸」，反義詞有「目不識丁」、「胸無點墨」。

根據以下提示，猜一個成語。

❶

❷

❸

❹

成 語 放 大 鏡

述而不作	指只敍述和闡明前人的學説，自己不創作。
目不識丁	形容人不識字。
胸無點墨	指肚子裏沒有一點兒墨水，形容讀書太少，文化水準極低。

斷章取義

　　春秋時期，齊國的大夫崔杼（zhù，粵音柱）和慶封合謀殺了齊莊公，並擁立齊景公繼位。因此，崔杼獲封右相，慶封獲封為左相。齊莊公原來的衞士盧蒲癸（guǐ，粵音季）和王何在莊公遇害後，逃往國外。

　　後來盧蒲癸的弟弟盧蒲嫳（piè，粵音撇）當上了左相慶封的家臣，更除掉右相崔杼，使朝政大權全落到慶封手裏。盧蒲嫳對慶家有功，很得慶封寵信，他趁機勸說慶封赦免哥哥盧蒲癸。

　　盧蒲癸回國後，做了慶封兒子慶舍的侍衞，他為人勇猛，又善於奉承，受到慶舍的賞識，更娶了慶舍女兒慶姜為妻。見時機成熟，盧蒲癸和王何加快行動，準備誅滅慶氏，為齊莊公報仇。

　　慶姜見丈夫日日行動詭異，便出口詢問。得知丈夫的復仇大計後，慶姜覺得這是義舉，願意

助丈夫一臂之力。在慶姜
的幫助下，盧蒲癸和王
何利用祭祀的機會，
殺了慶舍，慶封則逃
往別國。

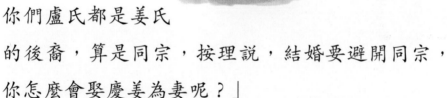

事後，有人問
盧蒲癸：「慶氏和
你們盧氏都是姜氏
的後裔，算是同宗，按理說，結婚要避開同宗，
你怎麼會娶慶姜為妻呢？」

盧蒲癸回答道：「慶舍不避同宗，要把女
兒嫁給我，我為什麼要避開呢？就像有人對《詩
經》斷章取義，藉以表達自己的意思，我也只是
取了我想要的，管他什麼同宗不同宗呢？」

「斷章取義」指不理全篇文章或談話的內
容，只根據自己的需要，單獨截取其中一段或一
句的意思。

　　《詩經》是中國最早期的詩歌結集，收集了西周初年至春秋中期的詩歌，約有三百首，所以又叫《詩三百》。它分為《風》、《雅》、《頌》三部分。《風》是指當時各地的民間歌謠。《雅》又分《大雅》和《小雅》，是宮廷宴會、朝會時用的音樂，為貴族、官吏所用。《頌》是周王室和貴族宗室祭祀時用的音樂。

　　春秋時期，為什麼有「不學詩無以言」的說法呢？因為當時的外交很浪漫，人們通過吟詩來表達自己的立場，傳遞資訊，而《詩經》是當時經常被人們引用的古籍。「不學詩無以言」，假如你穿越到了春秋戰國時期，但你不懂《詩經》，在外交場合很可能聽不懂別人的話，也無法和別人交流。

　　當時對《詩經》的斷章取義，是為了摘取能滿足外交需求、傳達外交資訊的句子，所以，「斷章取義」誕生之初，沒有特別感情色彩，是中性的成語。隨着時間的流逝，現在的「斷章取義」詞性發生改變，帶有貶義色彩。

成語小貼士

　　「斷章取義」的近義詞有「望文生義」、「穿鑿附會」。

　　「斷章取義」的反義詞有「實事求是」。

成語歡樂谷

下面三個成語迷路了，找不到自己應該待着的地方。快幫它們找一找，把它們送回家吧！

約法三章　　廢寢忘餐　　斷章取義

王華看書看得很入迷，連吃飯睡覺都顧不上，他可真是 □□□□ 啊！

有些記者為了讓新聞標題更吸引，不惜 □□□□，製造噱頭，故弄玄虛，以致誤導社會輿論。

爸爸很擔心我在露營時是否安全，於是和我 □□□□，要我遵守多項野外安全守則。

成語放大鏡

一臂之力　　指其中一部分的力量或不大的力量。

望文生義　　不懂某一詞句的正確意義，只從字面上去附會，做出錯誤的解釋。

穿鑿附會　　非常牽強地解釋，本來沒有某種意思，硬說成有某種意思。

lián piān lěi dú

連篇累牘

隋文帝剛統一中國的時候，隋朝的文風繼承了南朝的風格，文辭華麗，但華而不實。大臣們寫給隋文帝的奏章，也都堆砌辭藻，喜歡追求細枝末節，卻不務實地解決問題，內容空洞無物。

當時的大臣李諤（è，粵音鱷）上書給隋文帝，希望通過發布政令來改變當時的文風。

他在奏章中寫道：「南朝齊、梁時，人們競相追逐華麗的文辭，沉迷於吟風弄月，寫得長篇大論，卻無實際內容。朝廷也喜歡根據這些詩賦的華麗程度來選拔人才，導致人們更加崇尚

華麗的文風。大家把裝腔作勢當作高雅，把抒發情感當作建功立業，大家的文筆越來越繁複、花哨，越來越注意文辭上的雕蟲小技，時政卻越來越混亂。現在大隋王朝承受天命，應該振興聖人之道，摒棄輕浮的文風，改變華麗虛偽的習氣。」

隋文帝讀了李諤的奏章，深感認同，非常讚賞，馬上把他的奏章傳示天下，大力革除浮華文風的弊病。

「連篇累牘」的「累」指重疊，「牘」是古代寫字的木片，這個成語用於形容敘述的篇幅過多、過長。

延伸小知識

北宋的歐陽修、范仲淹、王安石、蘇軾等人，也曾像李諤一樣推行文學革新，他們反對當時浮華奢靡的文風，認為社會矛盾、政治鬥爭日益尖銳，浮華的文學無益於社會的進步與改革，不利於幫助人們意識到社會存在的弊病，所以他們強調文學應該平易自然，具備社會功能和政治作用，應該反映現實問題。

在這類文學革新者看來，文學不應該不食人間煙火；不應該無病呻吟，故作憂愁；不應該過度炫耀文字技巧與華麗辭藻……他們眼中的文字具有改變社會的力量，能塑造心靈，啟迪心智；能給弱者以力量，給惡者以警示；能針砭時弊，引發思考；能去除不正之風，促進社會革新。

由於對社會的關切，以及深切的責任感，使得他們的作品突破小我，與黎民百姓產生共鳴，也在一定程度上參與和推動了社會的進步。

成語小貼士

「連篇累牘」中的「牘」字是個難點，常被誤寫為「贖」。「牘」dú，粵音讀，是古代用於寫字的木片竹簡，呈片狀，所以這個字有個片字旁。「贖」shú，粵音熟，用於「贖身」、「贖罪」等，指用錢財換回人身自由或抵押品等。古代曾把貝殼作為貨幣使用，所以「贖」、「財」、「貨」等跟錢有關的字都是貝字旁。

「連篇累牘」的近義詞有「拖泥帶水」、「長篇大論」等，反義詞有「言簡意賅」、「簡明扼要」、「短小精悍」等。

成語歡樂谷

「連篇累牘」的寫作方式不值得稱讚。下面的成語,哪些是寫作文時的好現象,值得稱讚?哪些是寫作文時,要注意避免的?把它們和對應的手勢連起來。

詞不達意

簡明扼要

提綱挈領

言必有中

矯揉造作

獨樹一幟

顛三倒四

拖泥帶水

成語放大鏡

空洞無物	多指言談、文章極其空泛。
吟風弄月	舊時有的詩人作詩愛用風花雪月做題材,因此稱這類題材的寫作為吟風弄月。
裝腔作勢	故意做作,裝出某種樣子給人看。
雕蟲小技	雕:雕刻。蟲:指鳥蟲書,古代漢字的一種字體。比喻微不足道的技能,多指文字技巧。

七步成詩

　　曹丕（pī，粵音披）和曹植都是曹操的兒子。曹丕從小熟讀諸子百家，多才多藝，又善於騎射；曹植十幾歲時就能背誦《詩經》和各類辭賦，才華橫溢，擅長詩文。曹操因此在立嗣（sì，粵音自）的事情上舉棋不定。結果，曹丕和曹植兩兄弟便各自與朝中大臣分黨分派，互相競爭。

　　曹操去世後，最終由曹丕承襲了曹操的丞相位置和「魏王」稱號，掌握了朝政大權。可是，曹丕對曹植懷恨在心，想找個藉口殺了他，便叫來曹植，對他說：「父親在世的時候，你常常炫耀自己的才華，現在我叫你在殿上走七步，七步之內要作一首詩，如果做不到我就處死你。我和你是兄弟，就用『兄弟』二字為題吧！不過，詩裏面不許有『兄弟』這兩個字。」

曹植想了一下，便在殿上走起來，走一步，唸一句，七步還沒走完，就唸完了詩：「煮豆燃豆萁（qí，粵音其），豆在釜中泣。本是同根生，相煎何太急？」

　　在這首詩裏，曹植把曹丕比作豆萁，也就是豆的莖部，而自己就比作豆子。豆萁和豆子本來長在同一條根上，豆萁為什麼要煮豆子呢？他用比喻的手法責備曹丕：咱們本來是親兄弟，是同一個父親生的，你為什麼要這樣迫害我呢？

　　曹丕聽曹植唸完詩，頓覺慚愧，便沒再治曹植的罪。

　　後人稱這首詩為《七步詩》，而這個故事也衍生出成語「七步成詩」，經常用於比喻才思敏捷。

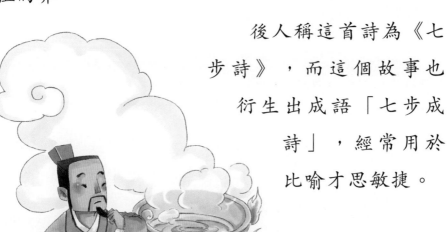

看完曹植「七步成詩」的故事，有人可能會認為曹植的哥哥曹丕，是一個不學無術、心胸狹隘的人，其實，曹丕也是一個大文學家。他自幼喜歡文學，在詩、賦方面很有成就，最善於寫五言詩。曹丕詩中的景物描寫，不僅細密精美，而且情與景水乳交融，渾然一體。曹丕與他的父親曹操、弟弟曹植都對當時的文壇產生了巨大影響，是建安文學的代表。

要想做到「七步成詩」，需要平時多看書多積累，多用自己的眼睛去觀察，並把觀察到的記錄下來，這樣才能成為像曹丕、曹植那樣有文采的人。

成語小貼士

古代兄弟之間因為爭奪權力最終兵戎相見，甚至殺害兄弟的案例不在少數，比如唐朝的「玄武門之變」。要形容這樣的人間悲劇時，我們可以使用成語「兄弟鬩牆」、「同室操戈」、「禍起蕭牆」等。

另外，「七步成詩」的近義詞有「文不加點」、「倚馬千言」，它們都強調寫文章時的速度，強調思維的敏捷。

人們多用「七步成詩」讚歎有文采，和寫文章有關的成語還有很多：文章結構緊湊是「一氣呵成」；文章寫得有氣勢可以說「筆掃千軍」；文章寫得很吸引人可以說是「引人入勝」、「欲罷不能」、「扣人心弦」、「賞心悅目」……

在圖框裏填寫適當的數字，把成語補充完整。

1. ◯上八下 − ◯話不說 = ◯顏六色

2. ◯步成詩 × ◯本萬利 = ◯步之才

3. ◯嘴八舌 + ◯臂之力 = ◯面玲瓏

4. ◯竅生煙 ÷ ◯成不變 = ◯擒七縱

成語放大鏡

水乳交融	像水和乳汁融合在一起，形容關係非常融洽或結合十分緊密。
兄弟鬩牆	兄弟在家爭吵。後用來比喻內部相爭。鬩 xì，粵音益。
同室操戈	一家人動起刀槍來，比喻內部相鬥。
禍起蕭牆	禍亂發生在家裏，泛指內部發生禍亂。
倚馬千言	晉代桓温領兵北征，命令袁虎速擬公文，袁虎斜倚着戰馬，一會兒就寫了七張紙，而且寫得很好。形容文思敏捷，寫文章快。

詩禮之訓
shī lǐ zhī xùn

　　孔子有一個兒子，出生時正逢魯昭公賜給孔子一條大鯉魚，孔子感到十分榮幸，於是給兒子取名孔鯉，字伯魚，以此作為紀念。

　　孔子特別注重對伯魚的教育，從小就教導他要學習詩書禮儀。

　　一天，孔子一個人站在廳堂中，這時伯魚快步從庭院走過，孔子叫住他，問：「你學《詩經》了嗎？」

　　伯魚回答說：「沒有。」

　　孔子耐心地說：「不學《詩經》，你就不會說話，無法正確表達自己的思想。」從此，伯魚專心學習《詩經》。

　　又過了一段時間，孔子又獨自站在廳堂中，這時伯魚快步從庭院走過，孔子叫住他問：「伯魚，你學《周禮》、《儀禮》了嗎？」

伯魚回答說：「沒有。」

孔子語重心長地說：「不學習《周禮》、《儀禮》，將來你就無法在社會上立足。」從此，伯魚認真學習《周禮》、《儀禮》。

孔子要求兒子懂詩書禮儀，希望他成為一個有修養的人。孔子認為，對人、對家、對社會都應以仁愛為本，重義輕利，不斤斤計較。在家孝敬父母，在外謙虛誠實。這樣，以禮統領天下，社會才會穩定，國家才能興盛。

「詩禮之訓」這個成語，指的是子女遵從父母的教誨。

「詩禮之訓」這個成語告訴我們，要聽從父母的教誨，認真學習如何做人、做事。

歷史上，和孔子一樣注重家庭教育的例子還有很多，比如「司馬光教子節儉」的故事。司馬光是我國北宋大臣、史學家。他生活儉樸，更把儉樸作為教子成才的重要內容。他以家書的形式，寫了一篇《訓儉示康》，使養子司馬康認識到儉樸的重要。

在家書中，他強烈反對生活奢靡，極力提倡節儉樸實。他寫道：「古人以節儉為美德，今人卻因為節儉而遭到譏笑，這真是太奇怪了。」此外，司馬光還不斷告誡孩子：「讀書要認真，工作要踏實，生活要儉樸，具備這些道德品質，才能修身、齊家，乃至治國、平天下。」

在他的教育下，司馬康從小就懂得儉樸的重要，自己也做到儉樸。他長大後，博古通今，以廉潔、追求儉樸的作風為人敬仰。

成語小貼士

「詩禮之訓」的近義詞有「詩庭之訓」、「詩禮傳家」。

父愛如山，慈母情深，父母含辛茹苦將子女養大。他們望子成龍，為了子女能受到更好的教育，費盡心思。他們有的無微不至，有的教子有方，有的循循善誘，有的願意像孟母那樣三遷……這是世界上最無私的付出，不求一點一滴的回報，但求子女能夠在未來走得更順，走得更遠。

成語歡樂谷

在方格裏填上適當的字，把各個成語連接起來。

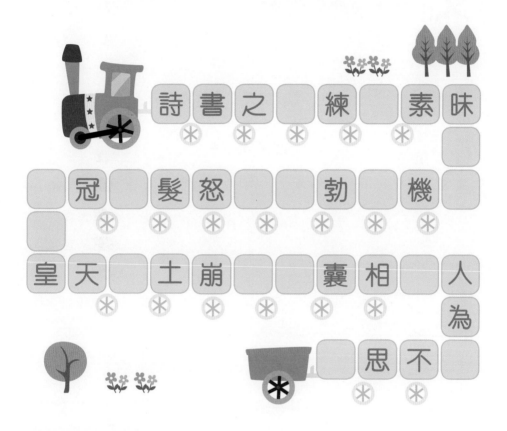

成語放大鏡

語重心長	言辭懇切，情意深長。
詩禮傳家	指儒家經典及其道德規範世代相傳。
含辛茹苦	茹：吃。經受艱辛困苦。也説茹苦含辛。
循循善誘	循循：有步驟的樣子。善於有步驟地引導別人學習。

wén bù jiā diǎn

文不加點

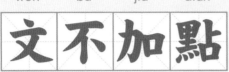

禰（mí，粵音尼）衡是漢朝著名的文學家，年少時就頗有文采，能言善辯。

孔融也是當時有名的文學家，還是孔子的二十世孫，他很賞識禰衡，多次向曹操推薦。曹操也很想見見他，可禰衡一向恃才傲物，特別喜歡嘲笑權貴，也看不起曹操，就自稱得了病，不肯前往拜見。

曹操因此對禰衡不滿，但礙於禰衡的名氣，不能輕易殺他。他對孔融說：「我殺禰衡就像殺死鳥雀、老鼠那樣容易，可這個人有點虛名，如果我殺了他，人們會認為我心胸狹窄，容不下人。」結果，禰衡被送到劉表那裏。後來又因開罪了劉表，被送到黃祖那裏。

其實禰衡有的並非虛名，而是實至名歸。他在給黃祖做書記官時，讀到蔡邕（yōng，粵音

翁）寫的碑文，過目不忘，事後默寫，竟然一字不差。

有一次，黃祖在家大宴賓客，禰衡也收到了邀請。席間有人邀請禰衡比賽寫文章，正好有人獻了一隻鸚鵡給黃祖的兒子黃射，於是就以鸚鵡為題。禰衡一氣呵成，很快就寫出《鸚鵡賦》，中間沒有任何修改（文不加點），而且文辭華麗，讓人嘖嘖稱讚。

不過可惜的是，禰衡有一次出言頂撞黃祖，黃祖一怒之下就殺了禰衡。

「文不加點」中的「點」是什麼意思呢？古代人寫文章時如果想修改，就會塗上一點，表示刪去。「文不加點」形容寫文章很快，不用塗改就寫成。

禰衡得罪了曹操，曹操雖然不打算殺他，但想找機會羞辱他。曹操知道禰衡善於擊鼓，就讓他做擊鼓的小吏。

一日，曹操大宴賓客，叫禰衡擊鼓助興，沒想到這個才子演奏的鼓曲聲音悲壯，讓人讚歎。這時，曹操的手下呵斥禰衡：「你為什麼不換上鼓吏的服飾呢？」沒想到禰衡竟當着眾賓客的面，把衣服脫得精光，又慢悠悠地換上鼓吏的衣服，臉上沒有絲毫羞愧的神情。曹操有些無奈：「本想羞辱禰衡，沒想到反被禰衡羞辱。」

雖然禰衡的才華令人欣賞，但是他目中無人、恃才傲物的態度卻不值得學習。尤其當自己取得一點兒成績時，更應謙虛低調，虛懷若谷，這樣才能贏得更多人的支持和幫助。

成語小貼士

「文不加點」有時會被曲解為「寫文章不加標點符號」，誤以為這裏的「點」是指標點符號。

不過，古代最早確實沒有標點符號，到了漢代，人們才開始使用句讀（dòu，粵音逗）。語義已完的較大的停頓叫作「句」，語義未完且需要稍做停頓的叫作「讀」。到了宋代，人們開始在相當於句號的地方用圈（。），在相當於逗號的地方用點（，）。這些簡單的符號雖然已經有了雛形，但並不完備。到了二十世紀，現代白話文蓬勃發展，一些人根據古代的符號，參考外國的標點，制定出符合中國文字使用習慣的標點符號。

在方格裏填上適當的字，把各個成語連接起來。

成語放大鏡

恃才傲物 　物：眾人。依仗自己的才能而驕傲自大，輕視旁人。

實至名歸 　有了真正的學識、本領或業績，相應的聲譽自然就隨之
而來。

一氣呵成 　形容文章的氣勢首尾貫通，也可形容完成整個工作的過
程中不間斷，不鬆懈。

虛懷若谷 　形容為人謙虛，能接納別人的意見。

文質彬彬

wén zhì bīn bīn

儒家學派的創始人孔子，是中國歷代讀書人學習的楷模。讀書人都想成為孔子那樣的人，可在孔子心中，什麼樣的人才是完美的呢？

孔子心中理想的人有一個統一的名字——君子。君子是什麼樣的呢？君子具有很高的道德修養，他們心裏有「仁愛」二字，具有正義感，也有很強的羞恥心，知道自己該做什麼，不該做什麼等等。

孔子對君子的品行有過很多的描述，文質彬彬就是其中一種。

在孔子那個時代，「文」與「質」的含義和現在不太相同。孔子推崇周禮，「文」指周禮的外在表現形式，而「質」可以理解為周禮的內在精神。以孝順為例，每天早上給父母請安、行禮，這便是「文」，是我們表現孝順的方式。而我們內心

對父母的感恩、愛與尊敬，則是「質」，是孝順的內在精神，也就是我們的孝心。

如果我們只注重表現出孝順的外在模樣，例如給父母買各種禮物，陪他們過生日等，可內心其實一點兒也不愛他們，那麼這份孝順便只是做做表面工作，其實一文不值。如果我們心裏真的很孝順他們，可一點兒實際行動也沒有，那麼這份愛便缺乏表達。

孔子認為，在踐行周禮時，要保持內心和外在行動一致，兩個方面都做好，才能成為文質彬彬、名副其實、表裏如一的真君子。

如今，「文質彬彬」這個成語多用於形容人文雅、有禮貌。

　　在《論語》中，君子和小人經常被用來比較。那麼，在孔子眼中，君子和小人究竟有什麼不同呢？

　　孔子認為，君子有德行，嚴於律己，追求的是天下的大義，而小人追名逐利，為人處世的準則只有「利益」二字；君子心中有一股浩然正氣，心胸寬廣坦蕩，而小人心中滿是各種慾望雜念，天天只想着算計別人，踩着別人往上爬；君子很謙卑，不會因為地位高而傲慢無禮，而小人都很勢利，一旦出人頭地，就會狗眼看人低。

　　很多人起初都會懷抱理想，希望能夠成為一個坦蕩蕩的君子，但有時候為了一點點利益，可能會使些小手段，走點捷徑，放棄自己對君子品質的堅守。這都是因為他們的恒心不夠，定力不足所致。

　　我們應該堅守自我，永遠以君子的高標準來要求自己，這樣我們的境界就可以離君子越來越近。

成語小貼士

　　「文質彬彬」的「彬」字在寫的時候可不要丟掉一個「木」，錯寫為「杉」。

　　「文質彬彬」的近義詞有「溫文爾雅」、「彬彬有禮」。需要注意，「文質彬彬」偏重於人很從容，還可以表示有風度，有氣派；「溫文爾雅」偏重於人的性格溫和，舉止高雅；「彬彬有禮」則偏重於人有禮貌。

　　「文質彬彬」的反義詞有「野調無腔」。

根據以下提示，猜一個成語。

❶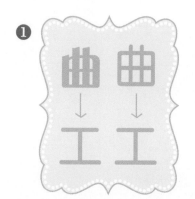

❷

❸

❹

約法三章
yuē fǎ sān zhāng

　公元前206年，項羽帶領楚軍抗擊秦軍主力，劉邦則趁機率領漢軍攻入咸陽，秦王子嬰很快就投降。

　劉邦進入秦宮後，發現到處都是奇珍異寶，想要留在秦宮體驗一下做王的滋味。劉邦手下的樊噲（kuài，粵音快）和張良再三勸他：「請不要貪圖眼前享受，秦國就是因為貪圖這些東西而亡國的，而且目前各方勢力都對咸陽虎視眈眈，正在向這裏進軍，您應該以天下大事為重，不要大意。」

　在樊噲和張良的苦苦勸說下，劉邦將秦宮裏的金銀財寶封在庫房裏，自己帶軍回到灞上安營紮寨。

　之後，劉邦召集各縣有威望的父老鄉親、英雄豪傑，說：「我和各位諸侯有約定，誰先進入

關中，誰就能當關中的王。我率先進入了咸陽，理應成為關中的王。現在，我和各位父老鄉親約法三章：第一，殺人的處死；第二，傷人或者偷東西的，按實情輕重判罪；第三，除了上面兩條外，剩下的秦法，全部廢除。我帶兵入咸陽，不是為了殺戮搶劫，而是見民眾被秦朝的嚴刑峻法壓迫太久了，希望為民除害，使官吏人民各司其職，各安生計。」

老百姓得知劉邦跟他們約法三章，都覺得他寬大仁慈；見他沒有屠城，沒有搶奪秦宮裏的金銀財寶，便覺得他軍紀嚴明。劉邦因而得到百姓的信任和支持。

「約法三章」泛指訂立法律，與人民相約遵守，後來泛指訂立簡單的條款，共同遵守。

劉邦說他跟各諸侯約定，誰先入關中，誰就能當關中的王。這個約定，項羽也有份兒，而且他比劉邦更加想先入關中。可是項羽趕到咸陽時，才發現自己晚了一步。

項羽很生氣，他邀請劉邦到咸陽郊外的鴻門赴宴，想找機會除掉劉邦。項伯是項羽的叔父，跟劉邦的謀士張良有交情，項伯偷偷走去向劉邦告密。劉邦在張良的教導下，假意說自己先入咸陽城，是為了阻止其他人入城，城裏的東西都原封不動，就等項羽來到時可以接管，而劉邦自己也已退兵，絕對無意造反。

項伯相信了劉邦的話，回去報告項羽。第二天的鴻門宴上，項羽的堂兄項莊藉表演舞劍，想刺殺劉邦。項伯也拔劍起舞，有意無意地保護劉邦。最後，樊噲和張良使計讓劉邦全身而退。

劉邦這一走，對項羽來說就是放虎歸山。劉邦最後擊敗了項羽，統一天下，建立漢朝。

成語小貼士

「約法三章」重在約定規則，「三」可以是實指數字三，表示有三個約定，也可以是虛數，表示多個。

跟規則有關的成語還有「規行矩步」、「安分守己」、「循規蹈矩」等。

根據以下提示，猜一個成語。

❶

❷

❸

❹

成語放大鏡 🔍

規行矩步　形容舉動合乎規矩。比喻墨守成規，不知變通。

安分守己　規矩老實，不做超出本分的事。

循規蹈矩　原指遵守禮法、規矩。現多指拘泥於舊的準則，不敢稍
　　　　　　作變通。

力透紙背

　　南宋有位著名的愛國詩人叫陸游，他出生的時候，國家長期受到北方金人的侵擾。不久金兵更佔領北宋首都，宋朝政府南下建立政權，北宋宣告滅亡，開展南宋時代。

　　中原地區久經戰亂，南宋的皇帝和大臣來到物質富庶的南方，十分享受安逸的生活。有些人主張與金人講和，希望就此長久度日，也有些人主張北上與金人抗戰，收復失地。於是，朝廷上出現主和、主戰兩派。

　　陸游是主戰派，他二十歲時就寫下了「上馬擊狂胡，下馬草軍書」的詩句，希望自己騎上馬就能馳騁疆場，攻擊來犯的敵兵，下了馬回到營帳則草擬作戰文書，詩中表達了好男兒慷慨激昂的報國壯志。

　　可惜，陸游生不逢時，朝中性格懦弱的大臣

們安於現狀，主張求和，而陸游就被他們排擠，一次次被罷免官職，無法施展抱負。

陸游心裏鬱悶，就常常喝酒寫詩，抒發自己的愛國情感。這個時候的陸游不講禮法，思想頹廢，被一些人譏笑為「頹放」，他知道後索性給自己起了個別號，叫「放翁」。

陸游一生熱愛祖國，盼望祖國有一天能統一，臨死前他感慨山河破碎，心中悲傷，寫下《示兒》：「死去元知萬事空，但悲不見九州同。王師北定中原日，家祭無忘告乃翁。」

陸游把滿腔愛國熱情寄託在詩歌創作上，一共留下數千首詩。清代詩人趙翼這樣評價他：陸游的詩才氣豪健，立意深刻，寫出來的詩篇語句精練，力透紙背。

「力透紙背」指筆鋒簡直要透到紙張背面，最早用於形容書法遒勁有力，雄渾剛健。後來，人們將「力透紙背」的語義加以延伸，用來形容文章立意深刻有力。稱得上力透紙背的作品有很多，比如魯迅曾評價蕭紅的《生死場》：「北方人民的對於生的堅強，對於死的掙扎，卻往往已經力透紙背。」

陸游和蕭紅的作品為什麼能力透紙背呢？因為他們對國家愛得深沉，心中承載着巨大的悲愴感。這種厚重的情感在心中持續發酵，無處宣洩，最終化為泣血般的文字，震撼着讀者的心。這是情感的力量，這樣的作品才能引發讀者靈魂的共鳴，單憑寫作技巧與浮華的修辭無法獲得這樣的效果。

成語小貼士 💡

「力透紙背」的近義詞有「入木三分」，反義詞有「輕描淡寫」。

「入木三分」與「力透紙背」最相近，它與大書法家王羲之有關。相傳王羲之在木板上寫字，刻字的人發現墨汁透入木板足足有三分深。後來，人們便用「入木三分」形容書法剛勁有力，也用來形容議論、見解深刻。

跟書法有關的成語還有「筆走龍蛇」、「蠶頭燕尾」、「龍飛鳳舞」、「矯若驚龍」、「如錐畫沙」、「一波三折」等。

寫出含「力」字的成語，越多越好，召喚一個大大的「力」字吧！

成 語 放 大 鏡

馳騁疆場	騎着馬在戰場上奔馳，形容英勇作戰，不可阻擋。
輕描淡寫	描寫或敍述時着力不多；談問題時把重要問題輕輕帶過。
矯若驚龍	形容書法筆勢剛健，或舞姿婀娜。
如錐畫沙	像用錐子在沙上畫出來似的，形容書法筆力勻整，不露鋒芒。

洛陽紙貴
luò yáng zhǐ guì

　　左思是晉代著名的文學家，可他小時候反應遲鈍，學習平平。一次，他的父親和朋友在談論教子經驗的時候，臉上流露出失望的神色。左思看見了很不服氣，暗下決心，一定要刻苦學習，將來要有一番成就。

　　寒來暑往十幾年，他寒窗苦讀，終於成為一名學識淵博的人。他用一年時間寫出《齊都賦》，字字珠玉，在文壇上嶄露頭角。之後，他打算以魏、蜀、吳三國都城的風土人情和物產為題材，寫一篇《三都賦》。當時的才子陸機聽說了這個消息，覺得可笑，便寫信給弟弟說：「聽說有個粗鄙的無名小卒，竟然想寫《三都賦》，他寫的文章估計只配給我蓋酒罈。」

　　面對質疑，左思沒有退卻。他親自去三座都城收集當地的歷史文化、地理等資料。為了獲

得佳句，他在門廳、庭院，甚至廁所裏都掛上紙筆，只要想到好詞好句便馬上記錄下來……歷經整整十年，左思終於完成大作《三都賦》。

人們認為這篇佳作可以和漢代班固的《兩都賦》相媲美，評價甚高。當時還沒發明印刷術，人們紛紛爭着傳抄，以至京城洛陽的紙張供不應求，紙價大漲。

後來，人們用「洛陽紙貴」形容著作廣泛流傳，風行一時。

　　左思妙筆生花，寫出了《三都賦》，洛陽的文人墨客都想一睹為快，競相傳抄，紙張價格隨之水漲船高。這個成語很有意思，它能體現經濟學中的供需理論：商品供應少，但是市場需求旺盛的時候，商品的市場價格會高於正常價格。

　　引發「洛陽紙貴」這個現象的原因，主要是《三都賦》寫得好，這樣的佳作離不開左思對文字的精雕細琢。「琢」是製作玉器時的一個加工程序。通過雕刻、琢磨，外表粗糙的玉石慢慢被雕琢為晶瑩剔透的寶玉。古人覺得寫文章和打磨玉石一樣，對每個字都要不厭其煩地推敲、打磨，才能創作出如玉石一般精美的作品。

成語小貼士

　　相比於耳熟能詳的唐詩、宋詞、元曲，大家可能對漢賦比較陌生。故事中提到的「賦」其實是一種文體，兼有詩歌和散文的特點，在漢代十分流行。《齊都賦》和《三都賦》都是漢賦中的名篇。寫漢賦比較有名的有「漢賦四大家」：司馬相如、揚雄、班固和張衡。

　　和「洛陽紙貴」意思相近的成語有「有口皆碑」、「風靡一時」。不過，「洛陽紙貴」偏重於文學作品受歡迎；「有口皆碑」誇讚的物件可以是作品，也可以是人品、貢獻、產品品質等；「風靡一時」可以指文學作品，也可以指服飾、愛好等。

成語歡樂谷

「洛陽紙貴」的故事發生在河南洛陽，和它一樣帶地名的成語還有很多，圈出以下成語裏的地名，看看現在指的大致在哪個地方。

1.	樂不思蜀	➡	四川
2.	邯鄲學步	➡	河北
3.	藍田生玉	➡	陝西
4.	陽關大道	➡	甘肅
5.	逼上梁山	➡	山東

成語放大鏡

字字珠玉	每一個字都像珍珠、寶玉那樣珍貴值錢。形容文章好，聲價高。
嶄露頭角	比喻突出地顯露出才能和本領。嶄zhǎn，粵音斬。
水漲船高	水位升高，船身也隨之浮起。比喻事物隨着它所憑藉的基礎提高而提高。
有口皆碑	比喻人人稱讚。

紙上談兵
zhǐ shàng tán bīng

　　趙奢是戰國時期趙國的大將，他曾以少勝多，擊退入侵趙國的秦國軍隊，立下大功，獲趙惠文王提拔為上卿。

　　他的兒子趙括從小熟讀兵書，總愛與人談論用兵的事情，而且說得頭頭是道。很多人認為趙括很有才能，總在趙奢面前誇獎他，但是趙奢卻不認同。他認為趙括只是在誇誇其談，不能承擔重任。趙奢還說：「將來趙國不用我兒子為將領倒沒事，如果用他為將，趙軍一定會慘敗。」

　　後來，趙奢去世，秦軍又來攻打趙國。老將廉頗率領趙國軍隊奮力抵抗，廉頗雖然年紀大了，但是打仗依舊從容不迫。秦國知道無法很快取勝，就施行反間計，派人到趙國散布謠言，說「秦軍最害怕趙奢將軍的兒子趙括」。趙王上當受騙，用趙括替換了廉頗。

趙括一上戰場，便完全推翻了廉頗的作戰方案。他只知死搬兵書上的知識，致使四十多萬趙軍全軍覆沒，他自己也在突圍過程中中箭身亡。

後來，人們用「紙上談兵」指在文字上談用兵策略，比喻不聯繫實際情況，空發議論。

·名家點評·

戰國時代並沒有紙，那為什麼有「紙上談兵」這個成語呢？原來，歷史上先有趙括空談兵法這件事，後來人們才把它總結為「紙上談兵」這個成語。

另外，成語在語言發展的過程中，還會發生訛變。比如「逃之夭夭」，原來《詩經》中形容美女出嫁時有這樣的詩句：「桃之夭夭，灼灼其華」（詩人看見春天鮮豔美麗的桃花，聯想到新娘的年輕貌美）。後來「桃之夭夭」的「桃」被誤用為「逃跑」的「逃」，就變成「逃之夭夭」。

酈波
南京師範大學文學院教授

　　南宋詩人陸游晚年寫過一首有名的七言絕句，詩名為《冬夜讀書示子聿（yù，粵音核wat⁶）》，這是陸游寫給小兒子子聿的一首哲理詩。

　　詩人將自己的人生智慧娓娓道來：「古人學問無遺力，少壯工夫老始成。紙上得來終覺淺，絕知此事要躬行。」意思是說，古人做學問是不遺餘力的，從少年時開始，往往要到老年時才能學有所成。光從書本上習得知識還不夠，如果想要深入理解其中的道理，必須要親自實踐才行。

　　陸游認為書本知識是前人實踐經驗的總結，學習書本知識固然重要，但不能紙上談兵，而是要積極實踐，去檢驗知識。只有親身實踐，才能把書本上的知識變成自己的實際本領。

　　人們總說「有志者，事竟成」，但其實有志者事未必成。

　　如果空有志向，眼高手低，坐而論道，只會空言無補，志向也只會成為鏡中花，水中月，看着美好，卻永遠無法真正擁有。人生一世，草木一春，時間轉眼就過去了，要實現自己的志向，還是要少點空談，多點實幹。「千里之行，始於足下」，腳踏實地，埋頭苦幹，才能離目標越來越近。

成語歡樂谷

根據以下提示，猜一個成語。

❶

❷

❸

❹

成語放大鏡

頭頭是道　　形容說話或做事很有條理。

坐而論道　　原指坐着談論政事，後指空談大道理。

空言無補　　指空洞、不切實際的言論，對事情沒有幫助。

紙醉金迷
zhǐ zuì jīn mí

　　唐朝時期，有一個叫孟斧的人，他原本住在首都長安。由於他醫術高明，尤其善於用各種偏方、秘方治療毒瘡、惡瘡，皇宮裏要是妃子、皇子生了毒瘡，皇帝就會召他進宮醫治。進宮後，映入孟斧眼簾的是金碧輝煌的宮殿，宮裏的一切似乎都是用金子做成的，這奢華的皇家氣派深深震撼了他。

　　後來為了躲避戰亂，孟斧離開了長安，逃到四川。

　　在四川居住時，孟斧總想起皇宮的奢侈生活，心想，要是自己也能住在金燦燦的房子裏該多好呀。孟斧想模仿皇宮來布置自己的家，可他沒有那麼多錢，於是，他靈機一動，把牆壁、器具等都包上一層金紙。那是黃金製成的像紙一樣的薄片，類似金箔。當陽光射進來時，整間屋子

都是金光閃閃的，奢華至極。

　　一天，孟斧的一個朋友到他家中做客，看到光芒四射的金屋子，整個人都被迷住了。他回去以後對旁人說：「我在這個屋子裏只休息一會兒，就會金迷紙醉，沉迷陶醉在滿屋的金紙裏。」

　　「金迷紙醉」現在多用作「紙醉金迷」，原意是閃光的金紙把人弄得迷迷糊糊，像喝醉了酒一般，後來形容叫人沉迷的奢侈豪華的環境。

　　「紙醉金迷」告誡我們，過分沉迷於享樂，會使自己迷失人生的方向，甚至會亡國。唐玄宗統治後期，他寵愛楊貴妃，不理朝政，還重用李林甫、楊國忠等奸臣，導致朝政腐敗，釀成「安史之亂」。

　　在現代生活中，紙醉金迷的故事每天都在上演。有的人貪圖享樂，成為金錢的奴隸；為了追求感官享受，不惜債台高築；有的人為了錢不擇手段，甚至走上犯罪的道路。

　　人們面對金錢時很容易迷失自己，即使在相對純淨的校園，也會有人在零用錢、衣服、電子產品等方面互相攀比，形成不良風氣。金錢像大海，大海看似美麗，卻容易將人淹沒，我們應該有正確的價值觀和理財概念，讓自己成為金錢的主人，而不是做金錢的奴隸。

成語小貼士 💡

　　在書寫成語時，注意「醉」的左邊是「酉（yǒu，粵音有）」，不能少一橫寫成「西方」的「西」。「酉」字原本在甲骨文、金文的字形像酒罈的形狀，因此它的本義就是酒。與「酉」相關的字基本都和酒有關，比如「酒」、「醉」等。

　　「紙醉金迷」的近義詞有「燈紅酒綠」、「醉生夢死」、「花天酒地」、「窮奢極欲」、「驕奢淫逸」、「揮金如土」、「口食萬錢」、「侯服玉食」等，它的反義詞有「粗茶淡飯」、「質樸無華」、「炊粱跨衞」。

成語歡樂谷

根據以下提示，猜一個成語。

①

②

③

④

成語放大鏡

醉生夢死	像喝醉了酒和在睡夢中那樣，糊裏糊塗地活着。
侯服玉食	指穿王侯的衣服，吃珍貴的食物。形容豪華奢侈的生活。
炊粱跨蹇	用高粱做飯，騎驢子代步。形容簡樸的生活。

戰國末期，有一個叫呂不韋的衛國人，他常
到不同國家做生意，富甲一方。雖然生活無憂，
但呂不韋一直有控制朝政的野心。

他在趙國經商的時候，多次暗中幫助當時在
趙國做人質的秦國公子子楚，還促成子楚回秦國
繼承王位，當上了秦莊襄王。莊襄王很感謝呂不
韋對他的幫助，封呂不韋為文信侯，官居相國。
不過，莊襄王在位三年就病死了，由他的兒子嬴
政繼位，即後來的秦始皇。秦始皇尊稱呂不韋為
「仲父」。

當時，人們看不起商人，呂不韋雖擔任丞相
一職，但始終是商人出身，有些大臣私下並不服
他。呂不韋想找辦法提高自己的聲望，鞏固自己
的政治地位。他手下有許多門客，專門為他出謀
劃策。有人建議效法孔子寫史書《春秋》，流傳

後世，於是呂不韋下令着手編書，一共寫了二十六卷、二十多萬字，書本名為《呂氏春秋》。

呂不韋命人把《呂氏春秋》放在秦國首都咸陽的城門上，自信地公開發布告示：如果有人能在書中增一字或減一字，就能得到千金賞賜。可是，沒有人能改動一個字，呂不韋自此名揚天下。

「一字千金」就是來自這個故事的，後來這個成語用於形容詩文精妙，價值極高。

與呂不韋相關的成語還有「奇貨可居」。「奇貨可居」指商人把難得的貨物囤積起來，等待高價時才出售，也比喻憑藉某種獨特的技能或成就，作為要求名利地位的本錢。

呂不韋到趙國做生意時，偶然認識了秦昭王的孫子子楚。當他了解到子楚的真實身分後，作為一個精明的商人，他敏銳地想到，如果自己在子楚身上投資，會不會為自己贏得政治地位，得到

無窮無盡的利益呢？他左思右想後，覺得可能性很大，便情不自禁地說：「此奇貨可居也。」意思是要把子楚當作珍奇的物品貯藏起來，等候機會，賣個好價錢。

在古代，商人地位不高，很多朝代都施行重農抑商的政策，商人在「士農工商」中排在最末。劉邦平定天下後，規定商人即使再有錢，也不能穿絲綢做的衣服，還必須交納更多的稅。有的朝代，還會規定商人家的孩子不准參加科舉考試，不能入朝為官。

歷朝皇帝抑制商人力量的發展，一方面是因為當時的國家以農業為基礎，商人的作用沒那麼大；另一方面是因為商人有錢，可以招兵買馬，有能力影響政局，足以對皇權構成威脅。

成語小貼士

「一字千金」是文人學士的畢生追求。要想使自己的文章一字千金，就應該精益求精，下苦功夫，在學習中，不斷提高修養，使自己的文章更加完美，字字珠璣。

要注意的是，「一字千金」的「金」字不能誤寫為「斤」。

「一字千金」的近義詞有「不刊之論」、「字字珠璣」，反義詞有「不經之談」、「一文不值」。在運用的時候一定要注意區分。

呂不韋是個商人，和商人相關的成語還有「一本萬利」、「日進斗金」、「童叟無欺」、「待價而沽」等。

在下面這座成語迷宮裏，從左上方的「一」字進入，按照成語接龍的順序，就能找到出口。快來試試吧！

入口 ➡

一	字	千	金	雞	獨	立
步	字	瘡	石	火	電	光
登	珠	百	為	富	不	仁
天	機	孔	開	誠	布	公
翻	手	雲	覆	手	雨	而
地	動	山	摧	到	勤	忘
覆	滅	脈	結	黨	營	私 ➡ 出口

成 語 放 大 鏡

不刊之論	刊：古代指削除錯字。不刊就是不可更改。指不能改動或不可磨滅的言論。形容言論確切，無懈可擊。
不經之談	經：正常。指荒誕的、沒有根據的話。
童叟無欺	既不欺騙小孩，也不欺騙老人，指買賣公平。
待價而沽	等待有好價錢才出售，出自《論語‧子罕》。舊時比喻等待時機出來做官，現多比喻等待有好的待遇、條件才肯答應任職或做事。

一字之師
yí zì zhī shī

　　唐朝時期，不但經濟繁榮，國力強盛，而且各種文化、藝術都發展蓬勃。那時候的詩歌發展至頂峯狀態，題材廣泛，流派眾多。當時不僅詩人多，詩歌作品也如雨後春筍，百花齊放。

　　在這許許多多的詩人當中，有一位名叫齊己的詩人。相傳有一年冬天，原野上白雪皚皚，銀裝素裹。在這冰天雪地中，他忽然看到朵朵梅花傲雪開放，於是詩興大發，創作了一首詠梅詩《早梅》，歌頌這朵朵冷豔的梅花。詩中寫道：「前村深雪裏，昨夜數枝開。」詩歌寫好後，他自己覺得非常滿意。

　　齊己有位好友，名叫鄭谷。他把《早梅》拿給鄭谷看，鄭谷覺得這首詩的意境雖然優美，但是有些不妥的地方，想了一下，修改了一個字：「前村深雪裏，昨夜一枝開。」他把「數枝開」

改成了「一枝開」。鄭谷為什麼這樣修改呢？他認為這首詩雖然已經很好，但既然是早梅，就不應該數枝一起開放，「一枝開」更能夠突出早梅的特點。

鄭谷雖然只改動了一個字，卻使《早梅》這首詩的意思更加準確，詩的意境臻（zhēn，粵音津）於完美，齊己對鄭谷十分欽佩，當即稱鄭谷為自己的「一字之師」。

「一字之師」指改正一個字的老師，常形容虛心接受別人的意見。舊時，有些詩文，經人改動一個字後變得更加完美，人們稱改字者為「一字之師」或「一字師」。

古代詩人精益求精，在寫詩時常糾結於推敲每一個字，比如唐朝詩人賈島推敲的故事。

有一年秋天，賈島到京城長安去趕考，路上想出了「鳥宿池邊樹，僧推月下門」的詩句。吟誦完，他開始揣摩「推」字要不要改成「敲」字，他一邊走，一邊不斷做着推門和敲門的手勢。他就這麼一推一敲地比畫着，直到不知不覺撞到了韓愈。韓愈問明了原因，説：「『敲』字好。在萬籟俱寂的夜晚，敲門聲反而更能顯得夜深人靜。」賈島得到了韓愈的指點，心裏很高興，便決定把那句詩改成「僧敲月下門」。韓愈就是賈島的一字之師。

古代詩人大都是完美主義者，他們糾結於每一個字的精準與否，意境高低。正因為他們追求完美，從不馬虎了事，才能寫出這麼多精妙絕倫的詩篇。

通過「一字之師」的典故，我們會發現，即使是一個字也能影響一個句子，甚至影響一首詩。

一個字如果用得好，便是錦上添花，甚至畫龍點睛。但如果我們粗枝大葉，把一個字用錯了，很可能整個句子都會差之毫釐，謬以千里。比如我們本想使用「事半功倍」，表示「做事用對方法，費力小，收效大」，但結果用錯了字，寫成「事倍功半」，那意思便會大相徑庭，變為「工作費力大，收效小」。所以，我們在説話、寫作時，應該想清楚每一個字是否用得準確。

在方格裏填上適當的字，把各個成語連接起來。

銀裝素裹　形容雪後的美麗景色，景物都被銀白色的雪花包裹。

粗枝大葉　原指畫樹木時粗枝大葉，不用工筆，現在多形容不細
緻，做事粗心大意。

大相徑庭　比喻彼此相差很遠或矛盾很大。

字斟句酌

　　詩人講究「煉字」，在詩詞作品的遣詞用字上費盡心思，務求找到最合適、最貼切、最具表現力的字詞。宋代的文學家王安石就是一位「煉字」高手。

　　有一日，他創作了一首叫《泊船瓜洲》的詩：「京口瓜洲一水間，鍾山只隔數重山。春風又到江南岸，明月何時照我還？」

　　王安石反覆唸誦這首詩，總覺得「春風又到江南岸」的「到」字用得不夠巧妙，缺乏意境。可怎麼辦呢？王安石在屋裏踱來踱去，反覆思考。

　　「對，用『過』，」他自言自語，「春風又過江南岸。可是『過』字似乎也不恰當。那改成『入』呢？春風又入江南岸……」王安石唸了唸，還是不滿意。傳說他為用好這個字改動了十多次。

後來，王安石眺望遠方，只見春風吹拂，綠草如茵，好一派生機勃勃的景象。突然，他靈光乍現，茅塞頓開，腦海裏出現了一個「綠」字。因此，就有了

「春風又綠江南岸」的千古名句。這個「綠」字原本是顏色詞，用來表示事物的顏色，當形容詞用，但它在這句詩裏面就當作動詞用。春風使江南兩岸都變成了綠色，畫面靜中帶動，又具有色彩，感覺更豐富和吸引了。

王安石對詩中的每一個字都仔細推敲，使其簡練、生動、含蓄、深刻，後人把這種行為稱為「字斟句酌」。

「字斟句酌」指對每一字、每一句都仔細推敲，形容說話或寫作的態度慎重。

　　唐代也有一位大詩人在詩歌創作中字斟句酌，堪稱典範，他就是詩人杜甫。杜甫的詩《聞官軍收河南河北》中，有一句「即從巴峽穿巫峽，便下襄陽向洛陽」，用「從」、「穿」、「下」、「向」四個動詞，將四個地名連在一起，穿成作者的返鄉路線，堪稱煉字典範。

　　「字斟句酌」告訴我們在說話和寫文章時，要嚴謹認真，注意遣詞造句的準確、規範，這樣寫出來的文章會更精彩。

成語小貼士

　　「字斟句酌」裏的「斟」、「酌」是難點。推敲用字，為什麼和「斟」、「酌」二字聯繫在一起呢？

　　「斟」字中，「斗」用來表意，「甚」用來表音。斗在古代是一種盛酒器，「斟」便是往盛酒器裏倒酒的意思，現在用於「斟酒」。「酌」在古代也是「往杯盞裏倒酒供飲用」的意思。倒酒時，要注意酒不能太多也不能太少，人思考事情時和倒酒一樣要反覆考慮，注意適度，所以「斟酌」便有了「反覆考慮以後決定取捨」的意思。

　　古人講究字斟句酌，「語不驚人死不休」，他們為了打磨出最好的詩文，「吟安一個字，撚斷數莖鬚」──撚着鬍鬚，思考哪一個字最精妙，思考得太久，以至於撚斷了好幾根鬍子。

　　「字斟句酌」的近義詞有「精雕細刻」、「精益求精」、「千錘百煉」，反義詞有「離題萬里」。

在下圖填上適當的字，一共組成八個帶「字」字的成語。

字	裏	行	間
	字		
		字	
			字
			字
		字	
	字		
字			

成 語 放 大 鏡

茅塞頓開	原來心裏好像有茅草堵塞着，現在忽然被打開了。形容忽然理解、領會。
精雕細刻	精心細緻地雕刻。多用於比喻，形容做事認真細緻。
千錘百煉	比喻多次的鬥爭和考驗。也比喻對詩文等進行多次的精細修改。
離題萬里	形容寫文章或說話的內容，同要講的主題距離很遠，毫不相干。

成語小狀元

看完這本書，你是不是覺得自己已經滿腹經綸、學富五車了呢？
快來參加成語科舉，看看你能不能成為成語小狀元吧！

在本書目錄中選擇合適的成語，填在下面的橫線上，使句子意思完整。

第一關：鄉試

1. 姐姐最近在埋頭創作小説，她對自己的文字要求很高，總是 _____，反覆思考。

2. 這位著名作家數十年來積極創作，已出版的作品多不勝數，真可謂 _____。

3. 電視劇裏有錢人家的子弟生活富裕，過着 _____ 的奢靡生活，但是坐吃山空，偌大的家產都會被他們花個精光。

4. 別看他講起足球時頭頭是道，那是 _____，他到了足球場上，連球都碰不到，更不用説怎樣入球了。

5. 媽媽和我 _____，説好了每星期有兩個晚上不看電視，一起分享閱讀的心得。

6. 他在我寫的童詩裏只改了一個字，整首詩的意境卻提升了很多，他真是我的 _____。

7. 很多古詩用字巧妙，不論長短，加減一個字都會影響原來的意思，真可謂 _____，可見前人功力深厚。

8. 看他們兩個言談甚歡的樣子，看來兩人和好如初，過去的恩怨已經 _____。

9. 我的書法作品沒您説的那麼好，只是 _____ 罷了，上不了大場面。

10. 在王羲之 _____ 的故事裏，能看出他的書法作品在當時多麼受歡迎，也能看出他多麼喜愛鵝。

11. 他很喜歡寫作，點子也多，往往 _____，不一會兒就寫完了一篇文章。

12. 他的文章雖然字數不多，但句句點中要害，怪不得大家説他 _____。

13. 表哥長得溫文爾雅，_____，像個古代的書生。

14. 寫作考試才開始不久，他已經完成了，還直接交卷給老師，老師看了頻頻點頭，認為那是一篇 _____ 的好文章。

15. 歷史上有不少文人在國家危亡之際，毅然 ＿＿＿＿＿＿，
    走上戰場，保家衛國，這種精神值得我們敬仰。

第二關：會試

16. 為了提升寫作能力，小明決定 ＿＿＿＿＿＿，每日寫一
    個故事，而且每日閱讀一本書，從中學習寫作技巧。

17. 有些人說起外國的歷史文化時如數家珍，但說到自己祖
    國的歷史文化卻啞口無言，真是 ＿＿＿＿＿＿。

18. 他很喜歡看書，不論到哪裏，都會隨身帶着一本書，常
    常 ＿＿＿＿＿＿。

19. 孔子講究 ＿＿＿＿＿＿，用《詩經》和《周禮》教育自
    己的孩子。

20. 那位作家擅長多種文體，無論詩歌、散文、小説、童
    話，都能用他的 ＿＿＿＿＿＿ 寫出好作品，令人敬佩。

21. 那個跨國犯罪集團利用互聯網犯案，而且作案手法多
    變，所做的壞事 ＿＿＿＿＿＿、數之不盡。

22. 爺爺閒時喜歡到公園與人下棋，今天跟他對弈的人看來實力不錯，兩人下了半天還分不出勝負，興致正濃，真是 ＿＿＿＿＿＿＿＿。

23. 本來這幅荷花圖素淡清雅，很是好看，可他硬要加些鮮豔的色彩，破壞了畫作的意境，真是 ＿＿＿＿＿＿＿＿。

24. 平日他對寫作都很頭痛，今次老師要求限時作文，他不禁笑說自己不是曹植，不能 ＿＿＿＿＿＿＿＿。

25. 這套歷史書強調自己以 ＿＿＿＿＿＿＿＿ 的精神，尊重史實，如實呈現各方面的文獻資料，記錄不同的意見和評論，讓世人了解歷史真相。

26. 古人有不少勤奮學習的例子，就像車胤囊螢映雪，李密 ＿＿＿＿＿＿＿＿，他們的勤學精神值得我們學習。

27. 在古代，能給皇帝、太子當老師的人，大都學富五車，＿＿＿＿＿＿＿＿。

28. 有位新作家的作品本來無人問津，但自從得到著名書評家的推薦之後，一時間 ＿＿＿＿＿＿＿＿，還長踞書店銷售榜首位。

29. 每個人都可能有無窮的潛力，只是未發揮出來，我們不能 _____ ，限制了自己的發展。

30. 前人的智慧和經驗固然有可取之處，但你要懂得因應實際情況，靈活變通，不能 _____ 。

第三關：殿試

31. 有些人寫文章是為了湊字數，囉囉唆唆地寫了幾千字、幾萬字， _____ ，但都説不出些什麼來。

32. 書本可以為我們增長知識，開闊視野，也可以讓我們更了解自己，有所成長，真是 _____ 呀！

33. 小明還沒想好要買雞腿還是雞翅膀來吃，他左思右想， _____ ，十分苦惱。

34. 新年快到了，公園裏有個老先生義務為街坊題字，他寫的字蒼勁有力， _____ ，獲得眾人一致讚好。

35. 這篇以懷念故鄉為題材的文章，結尾引用了李白的《靜夜思》，使文章更有韻味，有 _____ 的作用。

36. 有些人喜歡在網上瀏覽各種各樣的美食照片和影片，其實都是 _____，幻想自己看過、吃過，讓心裏好過一些。

37. 秦朝的 _____，清朝的文字獄，都是封建帝王為了加強中央集權而採取的強硬措施。

38. 古時孟母三遷，現在的人也很重視生活環境對孩子的影響，因為人們都知道一個道理—— _____。

39. 有些好書值得一讀再讀，反覆細味，有句古話説得好，_____，其義自見。

40. 魯迅先生 _____，以犀利的文字為武器，批判舊社會的黑暗，希望喚醒人們腐朽和麻木的心靈。

41. 有些立心不良的傳媒為了吸引大眾視線、提升銷量，不惜將採訪對象的話 _____，報道失實的內容。

42. 老師帶我們去參觀當代著名書法大師的作品展覽，那些書法作品 _____、氣勢非凡，讓人佩服。

43. 宋朝宰相趙普 _____ 治天下，可見聖賢的話有一定的道理，更重要的是要把書讀透，並且學以致用。

44. 爸媽和我第一次到舅舅在外國的家，可舅舅只給了一張簡單的地圖，讓我們自行過去，我們只好 _____，邊走邊問。

45. 我們要學習別人的長處，但也要知道怎樣才適合自己、對自己有益，如果勉強模仿，難免 _____。

成語小擂台

經過「成語小狀元」的三關考驗後，仍然意猶未盡？這一次，試與身邊的朋友一起登上「成語小擂台」，選出代表答案的英文字母，看誰能答對更多題目吧！

1. 下面哪個成語，與「畫龍點睛」的意思相近？

    A. 畫蛇添足   B. 畫虎類犬

    C. 點金成鐵   D. 點石成金

2. 下面哪個成語，與「墨守成規」的意思相反？

    A. 舊雨新知   B. 推陳出新

    C. 因循守舊   D. 故步自封

3. 以下哪一項符合成語故事「雙管齊下」的描述？

    A. 張璪能同時演奏兩種管弦樂器。

    B. 張璪能同時為兩個人畫人物畫像。

    C. 張璪能左右手各拿一枝畫筆，同時畫畫。

    D. 張璪能用左右手的兩根手指頭，同時畫畫。

4. 下面哪個成語，比喻雙方的實力相若？

   A. 棋逢對手　　　　B. 不約而同

   C. 高下立見　　　　D. 相形見絀

5. 以下哪一項**不符合**成語故事「七步成詩」的描述？

   A. 曹丕嫉妒曹植，又怨他與自己爭位，想找藉口殺他。

   B. 曹丕和曹植各有所長，曹操為了繼承人的事很苦惱。

   C. 曹植在詩裏面，將自己比作豆子，將曹丕比作豆萁。

   D. 曹植將《七步詩》獻給曹操，指責曹丕想殺害自己。

6. 「董狐直筆」的成語故事裏，董狐不肯修改趙盾殺害國君的紀
   錄，原因是

   A. 趙盾沒有做好自己的本分，董狐只是如實記錄。

   B. 趙盾親手殺害了國君晉靈公，反迫使董狐説謊。

   C. 董狐有證據證明趙盾殺害國君後，嫁禍給趙穿。

   D. 董狐不認同趙盾為了家族聲譽，連累無辜的人。

成語歡樂谷・參考答案

P.7　筆走龍蛇、蛇蠍心腸、腸肥腦滿、滿載而歸、歸心似箭、箭在弦上、上天入地、地大物博、博學多才、才貌雙全

P.11
1. 投筆從戎 ── 班超
2. 生花妙筆 ── 李白
3. 韋編三絕 ── 孔子
4. 聞雞起舞 ── 祖逖
5. 樂不思蜀 ── 劉禪
6. 單刀赴會 ── 關羽

P.15　董狐直筆、筆下生花、花言巧語、語不驚人、
人財兩空、空穴來風、風吹浪打／風吹雨打、
打草驚蛇、蛇蠍心腸、腸肥腦滿、滿城風雨

P.19　花紅柳綠、花好月圓、花甲之年、花團錦簇、
花言巧語、花容月貌、花天酒地、花枝招展

P.23
1. 一舉兩得
2. 點到為止
3. 雪上加霜
4. 三長兩短

P.27
1. 投筆從戎
2. 迫不及待
3. 陰謀詭計
4. 哄堂大笑
5. 敝帚自珍
6. 按部就班
7. 座無虛席
8. 瞠目結舌
9. 鋌而走險
10. 莫名其妙

P.31
1. 無獨有偶
2. 顛三倒四
3. 無中生有
4. 天下無雙
5. 百裏挑一
6. 合二為一

194

P.67

1. 耳聽為虛，眼見為實
2. 分久必合，合久必分
3. 不入虎穴，焉得虎子
4. 謀事在人，成事在天
5. 出其不意，攻其不備
6. 有則改之，無則加勉

P.71

馬首是瞻、錦上添花、墨守成規、任重道遠

P.75

1. 金睛火眼　　2. 擊鼓鳴金　　3. 金蟬脱殼
4. 點石成金　　5. 金榜題名　　6. 金碧輝煌
7. 金枝玉葉　　8. 紙醉金迷　　9. 金石良言
10. 一諾千金 / 一擲千金 / 一字千金

P.79

舉棋不定、裏應外合、投鼠忌器、
走馬看花、陽奉陰違、內憂外患

P.83

棋逢對手、手不釋卷、卷帙浩繁、繁花似錦

P.87

答案可有多個，以下僅供參考：
半斤八兩、毀譽參半
事半功倍、一知半解
三更半夜、以半擊倍
事倍功半、半途而廢

P.147
文不加點、點石成金、金戈鐵馬、馬首是瞻、瞻前顧後、後繼無人、人定勝天、天女散花、花花世界

P.151
1. 異曲同工　　2. 口是心非
3. 一五一十　　4. 開懷大笑

P.155
1. 官官相護 / 官官相衞 / 官官相為　　2. 三五成羣
3. 才高八斗　　4. 霧裏看花

P.159
答案可有多個，以下僅供參考：
同心合力、勠力同心、勢單力薄、齊心協力、
回天之力、不自量力、吹灰之力、不遺餘力、
力排眾議、勢均力敵、聲嘶力竭、力爭上游、
精力充沛、怪力亂神、法力無邊

P.163
1. 蜀　　2. 邯鄲　　3. 藍田　　4. 陽關　　5. 梁山

P.167
1. 如虎添翼　　2. 天方夜譚
3. 落井下石　　4. 膽大包天

P.171
1. 九牛二虎　　2. 花好月圓
3. 雞飛蛋打　　4. 朝三暮四

成語小狀元・參考答案

第一關：鄉試（P.185）

1. 字斟句酌　　2. 著作等身　　3. 紙醉金迷　　4. 紙上談兵
5. 約法三章　　6. 一字之師　　7. 一字千金　　8. 一筆勾銷
9. 信筆塗鴉　　10. 寫經換鵝　　11. 下筆成文　　12. 惜墨如金
13. 文質彬彬　　14. 文不加點　　15. 投筆從戎

第二關：會試（P.187）

16. 雙管齊下　　17. 數典忘祖　　18. 手不釋卷　　19. 詩禮之訓
20. 生花妙筆　　21. 罄竹難書　　22. 棋逢對手　　23. 畫蛇添足
24. 七步成詩　　25. 董狐直筆　　26. 牛角掛書　　27. 滿腹經綸
28. 洛陽紙貴　　29. 畫地為牢／墨守成規
30. 墨守成規／畫地為牢

第三關：殿試（P.189）

31. 連篇累牘　　32. 開卷有益　　33. 舉棋不定
34. 力透紙背／筆走龍蛇
35. 畫龍點睛　　36. 畫餅充飢　　37. 焚書坑儒
38. 近朱者赤，近墨者黑
39. 讀書百遍　　40. 大筆如椽　　41. 斷章取義
42. 筆走龍蛇／力透紙背
43. 半部論語　　44. 按圖索驥　　45. 畫虎類犬

成語小擂台・參考答案

P.192
1. D　2. B　3. C
4. A　5. D　6. A

顧問團
（按姓氏筆畫排列）

余世存　詩人、學者、作家

畢淑敏　作家、註冊心理諮詢師

傅秋爽　北京市社會科學院文化所研究員

楊　雨　中南大學文學院教授

蒙　曼　中央民族大學歷史系副教授

蔣方舟　作家

韓田鹿　河北大學文學院教授

酈　波　南京師範大學文學院教授

感謝以下人員的大力支持與幫助：

尹蓮　宋虹　陳曉暉　景淑芬

趣說成語的故事　器物篇

編　　著：《中國成語大會》欄目組
策　　劃：關文正
責任編輯：陳友娣
美術設計：游敏萍　陳雅琳
出　　版：新雅文化事業有限公司
　　　　　香港英皇道 499 號北角工業大廈 18 樓
　　　　　電話：（852）2138 7998
　　　　　傳真：（852）2597 4003
　　　　　網址：http://www.sunya.com.hk
　　　　　電郵：marketing@sunya.com.hk
發　　行：香港聯合書刊物流有限公司
　　　　　香港新界大埔汀麗路 36 號中華商務印刷大廈 3 字樓
　　　　　電話：（852）2150 2100
　　　　　傳真：（852）2407 3062
　　　　　電郵：info@suplogistics.com.hk
印　　刷：中華商務彩色印刷有限公司
　　　　　香港新界大埔汀麗路 36 號
版　　次：二〇一九年二月初版
　　　　　二〇二〇年八月第二次印刷

原書名：我的智慧成語世界：兒童彩繪版 • 成語裏的筆墨紙硯
《中國成語大會》欄目組　編著
中文繁體字版 © 我的智慧成語世界：兒童彩繪版 • 成語裏的筆墨紙硯　由接力
出版社有限公司正式授權出版發行，非經接力出版社有限公司書面同意，不得
以任何形式任意重印、轉載。

ISBN: 978-962-08-7199-3
© 2019 Sun Ya Publications (HK) Ltd.
18/F, North Point Industrial Building, 499 King's Road, Hong Kong
Published in Hong Kong
Printed in China